陪審員C-2の情事

ジル・シメント
JILL CIMENT

高見浩訳

THE BODY IN QUESTION

小学館

陪審員C－2の情事

ジル・シメント
高見浩／訳

カバー写真　柏田テツヲ
装幀＝須田杏菜

THE BODY IN QUESTION by Jill Ciment

アーノルドの思い出に

エンジンを回転させるのは何か？
欲望、欲望、欲望

――スタンリー・クニッツ「わたしにさわって」

第一部

「あのドアがひらいたら、署名をして出ていっちゃえばいいのさ。タバコを吸いたい、とかなんとか言って」

「わたし、タバコは吸わないんだけど」

「じゃあ、黙って出ていっちゃえばいい。自分の番号を呼ばれたって、無視すりゃいいんだ」

ドアがひらいた。が、二人ともそれに気づかない。

「わたしの友人で、〝われらは神を信ずる〟という標語の下にすわるのはまっぴらだ、と言って、出ていっちゃった人がいるわ」

女の番号が呼ばれる――C-2の方、入って。

「何か、陪審員を断るための、別の口実ってない?」

「もし、過去に弁護士と関係したことがあるか、と訊《き》かれたら、五年ほど前にバーで誘惑されたことがある、と答えればいい」

「でも、弁護士は男性とは限らないんじゃない?」

「じゃあ、五年ほど前にホームセンターで女の弁護士に誘惑された、と答えればいい。向こうは電気研磨機か何かを手にしていて、きみはツールベルトを物色しているところだったとか言ってさ」

自分の番号が再度呼ばれると、女はしぶしぶと立ちあがる。

不規則に並べられた折りたたみ椅子の間を女が進んでいくと、男が背後から声をかける。

「うまく逃げられるといいね」

驚いたことに、法廷ではもう審理がはじまっている。陪審員席で一つだけあいていた椅子にC－2が腰を下ろすと、たった一人、ハイティーンの女性を除いてすべての人間の視線が彼女に集中する。じっとして動かないハイティーンの女性が、この裁判の被告人だった。陪審員席の他の五つの椅子には、年齢の異なる五人の女性がすわっている。ビーチサンダルをはいている女性が三人。ホットなデートに出かけるような身なりの女性が一人。もう一人は、教会に出かけるような服装をしていた。

裁判長を務める判事は年輩の黒人女性で、律儀そうなヘアスタイルをしていた。被告人に向かって、「じゃあ、後ろを振りかえって、陪審員候補者たちの顔をよく見てごらんなさい」と、指示を与える。ハイティーンの娘はごくゆっくりと後ろを向く。その緩慢な仕草は法廷の注意を引くことを意図的に狙ったものなのか、それとも、ややオーヴァーサイズの高価そうなドレスを着たその娘は、そもそも、肉体的、精神的にどこか普通ではないのか、C－2には見分けがつかない。その娘の外見でいちばん目立つのは頭髪の色だった。見るからにまだら模様で、下半分は漆黒なのに、上半分はバービー人形のような金色なのだ。

これまでC－2は、大勢の人間の顔立ちを見つめてきた。プロのカメラマンとしてスタートした当時は著名人のポートレート撮影が専門で、『ローリングストーン』誌や『インタヴュー』

誌が主な活躍の場だったからだ。が、そのうち、自分が魅《ひ》かれるのは動物の〝種〟としての人間の総体であって、個々の人間ではないのだということがわかってきたのだった。

いま目の前にいる被告人の容貌は、人間の顔のスケッチの教本に登場するイラストにそっくりだった。目鼻立ちがいかにも標準的で、個性に乏しい。ちょっと目をつぶったら、一秒後にはもう特徴が思いだせないだろう。

それにしても、いったいどんな罪を彼女は犯したのだろう。万引きをしたとか、あるいは、お祖母《ばあ》さんの麻薬性の鎮痛薬をクラスメートに転売したとか。もしくはその両方だろうか。いずれにしろ、一日か二日の審理で簡単に決着のつく裁判にちがいない。

裁判長が陪審員候補者たちに向かってたずねる。「あなたたちの中で、被告人に見覚えのある方はいますか?」

二人の候補者がさっと手を上げる。

「テレビで、彼女を見ました」ビーチサンダルをはいた女性の一人が言う。

「あたしは、犯罪もの専門の〈法廷テレビ〉で」裁判所へ敬意を表そうとしたのか、唇と鼻のピアスを取りはずしてきた女性が言った。

被告側弁護人は、三十代前半の豊満な肢体の女性だった。陪審員選出にあたって彼女にアドヴァイスをする役目の陪審コンサルタントは、アルマーニをまとった灰色の髪の中年男性。二人はすぐ協議をして、いま発言した二人の女性の忌避を申し立てる。去ってゆく彼女たちと入れ替わりに、新たな陪審員候補者が二人入場してきて、あいた二つの椅子に腰かける。一人は妊婦のような体格ながら、子供を産むには歳《とし》をとりすぎている女性。もう一人は、先ほど待機室でC‐2と軽口を交わし合い、陪審員辞退のための名案を披露した男性だった。いま五十二歳のC‐2に対して、彼は四十代の前半に見える。さりげなくC‐2の目をとらえて、自嘲するように肩をすくめてみせる。その顔はにきびの跡が目立ち、青い瞳がいっそう青く透明に見える。カーキ色のズボンに白いシャツ、サンダルではなくちゃんとした靴。法廷にふさわしい服装をしているのは、教会に出かけるような身なりの女性、〝チャーチ・レディ〟を除けば、その男性くらいのものだった。C‐2は、カットオフ・ジーンズにTシャツという格好だった。ここマイアミでは、戸外の気温は摂氏三十五度にも達するのである。

そのとき、裁判長が口をひらく。「本件は殺人の裁判です」

被告人は無表情に視線を横にすべらせる。C‐2はその視線を追う。被告人の視線の先にあったのは、傍聴席の最前列にすわる中年の女性だった。その顔には絵に描いたような苦悩の色。隣りにすわる、被告人に似た金髪の娘が彼女をなぐさめていたが、器量よしという点では、その娘のほうが被告人より上だった。表情がずっと生き生きとしていて、目鼻立ちの一つ一つが人形師の意のままに動く操り人形のようによく動いている。あの顔なら、一目見てから目を閉じても忘れることはないだろう。

「この裁判は、結審までに三週間程度かかるかもしれません」裁判長が説明する。「場合によっては、その間、陪審員の方々に隔離生活を送ってもらう必要も生じるでしょう。そういう義務は果たせそうもないと思われる方はいますか？」

C－2は、あの、〝われらは神を信ずる〟という標語の下にはすわっていられない、という口実をかまえようかと思っていた。が、傍聴席で小刻みに身を震わせている、あの中年の女性を目にすると、そんな言い訳はいかにもいい加減で不誠実なものに思われてきた。あるいは、こういう手もあるのだ。自分の夫は八十六歳で――それは事実だった――自分が付き添って日常の世話をしないとどうなるかわからないのです、と訴えてみる……。

だが、彼女がためらっているうちに、子供を産むには歳をとりすぎている女性と、透き通った青い目をしたあの男性が手を上げる。

「F－17ですが」と男性は名のる。「ある大学の医学部の教授をしている者です。実は来週から解剖の実技を学生たちに教えることになっていまして。二十一体の死体が、わたしを待っているんですよ」

「でも、その死体はもうみんな死んでいるんでしょう？」裁判長がたずねる。

男性はまた自嘲するように肩をすくめる。「ええ、まあ」

「ならば、この裁判が終わるまで待たせてもかまわないはずだわね」

妊婦のように見える女性の手が、まだ上がっている。「J－12ですが、実は来週、いろいろな検査を受けることになっていて――」

だれか他にも手を上げる者がいるかどうか、裁判長は見きわめようとする。

その気なら、C－2はまだ手を上げることができた。夫は実際に自分の世話を必要としているからだ。いまも好奇心旺盛だとはいえ、最近の夫は日ごとに何かを失いつつある――あちこちの鍵、言葉、身長、体重、会話を聞きとる能力、周辺視力（車の運転はまだできると言い張ってはいるけれど）、繊細な味覚、そして敏感な嗅覚。なにより心配なのは、第六感を失いつつあることだった。難しく言えば〝固有受容感覚〟。つまり、目を閉じていても自分の手足の位置がつかめているかどうか。夫は、自分の手足がいまどこにあるのか、目で確かめないとわからないのである。だから、何かを手にとろうとしても、ぎくしゃくしてしまう。普通の人間なら、暗がりでポプコーンを食べたり、車のライトをロー・ビームに切り替えたりするときは無意識に距離を測っている。それが、いまの夫にはできない。日常の暮らしで、さまざまな障害物を避けて通ることはまだ可能なものの、それとていつまでつづけられるだろう？　否が応でもいま、C‐2は夫の副操縦士になりつつあるのが実情だった。二つの別個の肉体の動きを擁護するために、彼女は二重に感覚を働かせなければならない。それをしないでいると――階段が壊れているのを教えたり、テレビで夫が聞きとれなかった決めゼリフを教えたりするのを忘れたりすると――夫は老齢という模糊《もこ》とした、薄暗い、沈黙の世界に遺棄されてしまうことになる。

夫と出会ったのは、C‐2が二十四歳、夫が五十七歳のときだった。夫はピューリッツァー賞の受賞歴のあるジャーナリストで、彼女はポートレート写真からもっと危険なテーマに目標を切り替えようとしているカメラマンだった。C‐2はそのとき、エル・サルバドルで再発した内戦取材の専従カメラマンになってくれないか、と彼から頼まれたのである。現地に向かう飛行機で、彼はファースト・クラス、彼女はエコノミーだった。七時間に及ぶ飛行中、彼が

C‐2の様子を見にエコノミー席まで足を運んでくれたことは一度もなかった。それで彼女にはわかった――これは自分の片思いだったのだということが。彼はただ、C‐2の撮る写真を高く評価していただけだったのだ。

サン・サルバドル空港に降り立つと、一行は待機していたヴァンに乗り換えた。ヴァンをあらかじめ手配していたのは、ハリウッドの進歩的なセレブたちだった。何本かの国際謀略物のスリラーを撮ったことのある監督。意欲的な女優と、その夫であるプロデューサー。女優がわざわざやってきたのは、反乱軍の、口ひげを生やした魅力的な将軍にインタヴューするためだった。ヴァンは、日没後、外出禁止令に引っかかる前に山岳地帯を横断する必要があった。道路は石ころだらけの上り坂で、急ごしらえの検問所には、ライフルをかまえた、むさ苦しい身なりの若者たちが詰めていた。

プロデューサーが精神安定剤の壜《びん》をとりだして錠剤をみんなに配ったとき、ジャーナリストが受けとらないのを見て、C‐2も――もらいたい気持を抑えて――受けとらなかった。

彼の課す無言のテストに自分は合格したらしい。それがわかると、二人の間の力関係に変化が生じた。その晩宿泊したホテルで、彼がじっと自分を見つめていることにC‐2は気づいた。強い磁気をおびた視線だった。たまたまそのときC‐2は、自分の欲望に関して、あることに気づいたばかりだった。自分が欲望をそそられるのは、自分を惹《ひ》きつける男ではなく、自分が惹きつけたい男に対してなのだ。

その晩、C‐2は思い切った賭けに出た。彼が取材メモをまとめている部屋に入っていって、ブラウスのボタンをはずしたのである。そこから先は彼がリードしてくれたのが、とてもありがたかった。

昔もいまも、C-2は自分が特別魅力的な女だとは思っていない。とび色の髪、ほっそりした首筋、引き締まった肢体——人に与える第一印象は悪くないはずだけれど、よくよく見ると左の目蓋《まぶた》がすこしさがっていた。そのアンバランスなところが自分の顔ではいちばん気に入っていたのだが、それが、週に一度は手入れする眉毛のラインの美しさを損なっているのはたしかだった。ところが、夫と出会う直前、目蓋が奇跡的に上に引っ張られた感じになり、驚いて目を見張ったような顔つきになった。すると、自分でも気づかないうちに、顔の見た目が美しくなったのである。その目蓋は一年もすると元にもどってしまったのだが、そのときにはもう夫と出会っていた。肝心なのは、左の目蓋がもう二ミリほど上に引っ張られていると、自分がどんなに優雅な暮らしを楽しめるか、その一端を味わえたことだった。

そのうち、ある日、夫の母親に初めて紹介された。当時八十七歳だった母親は、バッファロウにあるユダヤ系の老人ホームで暮らしていた。その日、夫の母親は、美しさの絶頂期にあったC-2を一目見て、C-2が考えてもみなかったような問いを息子に投げかけたものだった。

「それで、おまえがヨイヨイの年寄りになったら、だれが面倒を見てくれるんだい?」

この裁判で、陪審員が一定期間隔離されることになれば、C-2は夫と離れて自分の面倒を見るだけでいい。陪審員という市民の義務を果たすことによって、待望の休息がもたらされることになる。その間、夫の身に何かが起きたら——恐れている転倒とか——そのときは陪審員辞退を申し出て補欠の陪審員に代わってもらえばいい。
裁判長がまだ陪審員候補者たちの反応を待っている。
C‐2は手を上げなかった。

†

いま、陪審員席は、C‐2を含む女性五人と男性二人で満席になっている。妊婦のように見える女性はすでに忌避されていた。二人の男性のうち一人はあのF‐17。もう一人は、補欠要員だった。この〝補欠男〟は裁判長が予備尋問の説明に入ってもうわの空で、被告側弁護人のほうばかり見ている。弁護人は三十代前半のグラマラスな肢体の女性だが、彼女がテーブルの下で脚を組んだとき、膝のあたりがキラッと光ったのにC‐2は気づく。ここはフロリダで、いまは八月だというのに、弁護人はナイロンのストッキングをはいているのだ。

C‐2の左側、六十代半ばの女性が手を上げる。自分は家庭の主婦で、〝ファースト・カルヴァリー・バプティスト教会〟のメンバーだと名のった女性だ。「あのぅ、あと半分の候補者はどこにいるんですか？」と、彼女は裁判長にたずねる。「陪審員って、ふつう、全部で十二人じゃありません？」

「ここフロリダ州では、死刑裁判を除いて、陪審員は六人で構成されるんです」裁判長が説明する。

でっぷりした体格の検察官が両手をテーブルにつき、弾みをつけるようにして立ちあがる。なんとかスーツの前ボタンをはめようとするのだが、うまくいかずに諦める。陪審員候補者たちに向かって気まり悪げに笑ったのは、自分は南フロリダから派遣されたエリートではなく、みなさんと同じ地元の人間なんですよ、と言いたかったのだろう。すでに候補者たちが書き込んだ質問票には、各自の職業、独身か既婚かの別、子供の有無、前科の有無などが記されている。その質問票をパラパラめくりながら、検察官は候補者たちに問いかける――みなさんは、すべての証言証拠を聴取し終えるまで自分の判断を保留できるという自信がありますか？

C‐2はふだん、だれかの話を聞いていると、最後まで聞かないうちに自分の判断を下してしまう。だが、早手まわしに判断を下すからといって、結論を急いでしまうわけではない。説得されれば持論を変えるのもいとわないけれど、勝手な憶測をやめようとは思わない。だいたい、自分は最後まで中立性を保てると言い切れる者などいるのだろうか？

他の陪審員候補者たちの顔を見まわしてみる。だれもがみんなうなずいている。自分は公正な中立性を最後まで保てると思っているらしい。が、例外が一人いた。

F‐17が手を上げて、検察官に訊く。「自分は判断を急いだりしないという思い込み自体が、判断を急がせるんじゃありませんかね？」

自分がそんなうるさ型の人間だと印象づければ陪審員をはずされるだろうとF‐17は計算しているのだ、とC‐2は察しをつける。

だが、検察官はその手に乗らず、別の名案が湧いたかのようにC‐2の前の段にすわっている女性に質問を投げかける。「あなたはいつも新聞を読みますか？」

陪審員席の椅子の列は一段ずつ低くなっているので、C－2には前にすわる女性の後頭部がよく見える。その女性は金髪の白人だが、髪を細い三つ編みにして畝《うね》のように頭皮に密着させるヘアスタイル、いわゆる〝コーンロウズ〟スタイルにしているため、畝の間の日焼けした頭皮がよく見える。

「あたしはH－8だけど」その女性は言う。「新聞はいつも、飼ってるオウムのうんち処理に使ってるの」

「さてと、では疑いについて話し合っておきましょうか」検察官が言う。「合理的な疑いと確信的な疑いの相違について」

バプティスト教会の信徒、〝チャーチ・レディ〟が手を上げる。

「その場合、〝確信的な〟ってどういう意味ですか？」

「法廷では、専門用語の定義をすることは禁じられています」裁判長が割って入る。「今夜、自分のスマホで意味を調べたりしてもいけません。この法廷外で、用語の定義を含めた、いかなる情報の検討もしてはなりません。事実、わたしは昨年、ある陪審員が〝prudent（分別のある）〟という言葉の意味を調べているのを見て、すぐ解任したことがありましたからね」

裁判長がしゃべっているあいだ、自分のピカピカの靴を見下ろしていた検察官が、そこで口をひらく。「では、常識について話し合いましょうか」〝チャーチ・レディ〟の前に歩み寄って、「あなたは、朝食に食べるものをどうやって決めましたか？」

「そりゃ、冷蔵庫を覗《のぞ》いて」

「つまり、目前の証拠を受け入れて決断を下したわけですね」

「スクランブル・エッグにしたんですけど」

「けっこう。それでは、もっと重要な決断、熟考を要する決断について、話し合ってみましょう」F‐17のほうを見て、「あなたは既婚者ですか？」

「いいえ」

「では、あなたは？」検察官はC‐2に質問を向ける。

「ええ、既婚者です」

「ご主人との結婚を決断した理由は？」

「そのほうが税金を節約できると会計士から言われたので」

二人は愛し合っていて、すでに五年以上同棲していたのだった。結婚して浮いたお金はヴァカンスに利用できるはずだった。それまで二人は、仕事抜きのヴァカンスを楽しんだことなど一度もなかったのである。仕事ではずいぶんあちこちに足をのばしたのだが、それはみんな、並みの観光客なら逃げ出すようなところばかりだった。で、浮いたお金で初めて、戦争とは無縁の観光地に遊びに出かけることができた。が、すぐに飽きてしまった。戦争の緊張感がないと、二人とも身を持て余してしまうのだ。

「ということはつまり、あなたに決断を促すのは情緒よりも事実だということですか？」検察官がたずねる。

「はい」

だれかが手を上げる。あの落ち着きのない〝補欠男〟だった。「なんだってそんなくだらないことばっかし訊くんだい？　そんなことで時間をつぶすんなら、いっそプロの陪審員でも雇ったらどうなんだい？」

†

被告側弁護人の予備尋問は、被告人が有利な立場に立てるように計算されている。

「みなさんは〝ストックホルム・シンドローム〟という言葉を聞いたことがありますか？」陪審員候補者たちに向かって、彼女は問いを投げかける。はい、とはうなずかずに、肯定の意思を示さなかった候補者たちに向かって、弁護人は説明する。「〝ストックホルム・シンドローム〟とは、人質と犯人のあいだに生まれる絆《きずな》を指す心理学的な用語です。その絆の結果、犯人が人質を心理的に支配することになるわけですが、あなたは――」と、A－9に向かって彼女はたずねる。「そういう絆が実際に成立し得ると思いますか？」

A－9の職業は化学技師、〝ケミカル・エンジニア〟で、候補者たちの中では唯一の黒人だった。

「はい、思います」

こんどはF－17に向かって弁護人はたずねる。「それが、厳密な意味での人質と犯人の関係ではない場合だったら、どうでしょうね。たとえば、同じ家族同士のあいだでも、心理的な支配、被支配の関係は成り立つと思いますか？」

「家族間のどういう関係の場合ですか？」即座にF‐17は訊き返す。

「たとえば、姉妹同士のあいだで」

ちょっと考えて、F‐17は答える。「ええ、成り立つと思います」

「じゃあ、それが双子の姉妹だとしたら？」弁護人はB‐7にたずねる。B‐7はミドルスクールの教師、〝スクールティーチャー〟だが、きょうは、これから深夜バーに出かけるような装いをしていた。

「ええ、成り立つでしょうね」

すると陪審員コンサルタントが弁護人に、デスクにもどるように合図する。すこし話し合おうというのだ。二人が戦略を練っているあいだ、C‐2の視線は被告人の挙動に吸い寄せられる。被告人は封を切ったチョコレート・バーを膝に置いていて、そこからこっそりチョコレートをとりだしていた。

弁護人が陪審員席のほうにもどってきて、木造の手すりの前を行きつ戻りつしながら、だれにともなく問いかける。「あなた方の中で、自閉症の範疇《はんちゅう》に入る人を個人的に知っている方はいますか？　ご家族の中にそういう人がいるとか？」

〝チャーチ・レディ〟と、金髪をコーンロウズ・スタイルにしている女性、〝コーンロウズ〟が手を上げる。

被告側弁護人は、陪審コンサルタントのほうをちらっと見る。コンサルタントは、その質問の意味について、さほどの興味は抱いていないらしい。

「あなたは、無実の人間でも虚偽の自供をすることがあり得ると思いますか?」弁護人は〝チャーチ・レディ〟にたずねる。

〝チャーチ・レディ〟は、さあ、どうかしら、というような表情を浮かべる。

「その人物が自閉症で、なおかつ真実と虚偽を見分ける能力を欠いているとしたらどうでしょう?」

「それはあり得るでしょうね、ええ」〝チャーチ・レディ〟は答える。

被告側弁護人の最後の質問は、C‐2に向けられた。「あなたは幼児の死に対して特別の感情を抱かず、成人の死と同列に見なすことができますか?」

C‐2の視線はそのとき、被告人が指でつまんでいるまだら模様の髪に注がれていた。あのまだら模様は、人の気をまどわせるように特別に計算されたものなのだろうか、それとも、警察に逮捕されたとき黒い艶が一部失われてしまって、自然とああいう模様になってしまったのだろうか? 動物の様態は、必ず何らかの目的にかなっているものだ。シマウマの縞《しま》は、蠅《はえ》を追い払うのに役立っている。

人間という〝種〟を撮影することに飽きてしまったとき、C‐2は撮影の対象を野生の動物に切り替えた――いまではその写真でいちばん世間から認められている。なかでもリプリント数の多かったシリーズは、わが子を不意の襲撃者から守ろうとする動物の母親を撮ったものだった。といっても、C－2が撮ったのは熾烈《しれつ》な闘いや殺戮《さつりく》の場面ではなく、幼いわが子の死が避けられないと知った瞬間に母親の顔に浮かぶ表情のクローズアップだった。悲嘆にくれる表情もあれば、惑乱する表情もあった。

そういう表情をなんとかとらえるたびに、C－2はその後何週間というもの死別の悲しみを味わった。そういうシーンには、ある日偶然ぶつかるわけではない。たいていは、何週間も特定の動物の親子を追いかけた末に、悲劇に立ち会うことになる。そこに至るまでには、親子を十分に知り尽くしている。人はよくユーチューブなどでライオンが子象を襲うシーンなどを見ているため、動物同士の殺戮とは何か、わかったつもりでいる。だが、殺戮にともなう匂いまでは、ユーチューブでは嗅ぎとれない。骨を噛《か》み砕く音までは、ユーチューブでは聞きとれない。それは、木の枝が折れる音とは大ちがいなのだ。そして、低い唸《うな》り声があり、怯《おび》えて鳴く声があり、母親の腹の底からの咆哮《ほうこう》がある。

C－2は傍聴席の中年の女性のほうに視線を移す。だが、彼女と、被告人とそっくりだが美貌にまさる娘は、その場にいたたまれなくなったのか、すでに姿を消していた。被告人も背後を向いて、それを見届ける。その被告人の顔に、C－2は目を留める。よくよく見ると、被告人の顔は最初の印象とはちがって、人物スケッチの教本に出てくるようなイラストには似ていない。唇の一方の端が吊《つ》り上がっているのだ。左右が不釣り合いな表情。蔑みに慣れた表情だろうか？

被告側弁護人がC－2の答えを待っていて、質問をくり返す。

「あなたは幼児の死に対しても特別の感情を抱かず、客観的にとらえることができますか？」

「はい」と、C‐2は答える。

†

補欠を含めて七人からなる陪審員候補者たちは、被告側、検察側、双方の代理人たちが陪審員の選出をめぐって駆け引きを行っているあいだ、ホールで待機する。

〝コーンロウズ〟スタイルの金髪の女性は、話を聞いてくれそうだとみると、だれかれかまわず言葉をかける。「ねえ、被告人のあの髪の色、どう思う？」

「被告人の双子の姉妹みたいな人が傍聴席にいましたよね？」〝チャーチ・レディ〟が問いかける。

「あたしたちのあいだでこの裁判について話し合うのは、ご法度《はっと》なんじゃない」

〝スクールティーチャー〟が言う。

C‐2はF‐17のほうに歩み寄る。このところ彼女は、実際の人体解剖の様子を撮ってみたいという願望にとりつかれているのだ。レンブラントの名画『解剖学講義』と、〝解剖学の祖〟と言われる十六世紀の解剖学者ヴェサリウスが描いた挿画、その両者を足して二で割ったような線を狙ってみたかった。

「ねえ、わたしたちのどちらかが追い出される場合もあるでしょうから」C‐2は彼に話しかける。「あなたのお名前とeメールのアドレスを教えてもらえない？」

最後まで言い終わらないうちに、この人、わたしが誘いをかけているると思っているんだな、と彼女は気づいていた。F‐17の顔には、意表を突かれながらもまんざらではなさそうな表情が浮かんでいたからだ。

「実はわたし、写真家なの」と、C‐2は打ち明ける。「で、あなたの解剖の講義の模様を撮らせてもらいたいんだけど、可能かしら？」

F‐17が答えようとする前に、廷吏の声が響きわたる――みなさん、法廷におもどりください。

結局六人の陪審員候補者と一人の補欠が、そのまま認められたらしい。

「正式な事実審理は月曜の午前九時きっかりに開始されます」六人の陪審員と一人の補欠陪審員が宣誓するのを待って、裁判長が言い渡す。「本日以降、あなた方はこの審理に関わるいかなる情報もグーグルで検索したり、テレビやインターネットで見たり、読んだり、アップロードしたりすることは許されません。この審理に関して、配偶者や親友を含めて、いかなる人物とも論じ合うことは厳禁です。たとえ親友が、絶対に他言しないから、と誓ってもです。あなた方は、宣誓を終えたのですからね」

いずれ隔離される場合に備えて、日頃常用している薬なども手元に備えておくように、とも裁判長は助言する。

他の陪審員たちは日頃どんな薬に頼っているのだろう、とC‐2はつい考えてしまう。

†

裁判長が陪審員たちを解放したときには、すでに午後のスコールがはじまっていた。陪審員たちは裁判所の玄関に張り出したひさしの下に身を寄せて、土砂降りが止《や》むのを待った。すでに全員が、お互いの日頃の習慣についてある程度知っていた——朝食にはいつも何を食べるか、結婚に踏み切った理由は何だったのか、性格的にすぐ結論に飛びつく性《たち》かどうか——そしていまは、身を寄せ合って雨に濡れるのを避けなければならない。

真っ先に雨の中に飛び出したのは、H-8、あの独特のヘアスタイルの女性、〝コーンロウズ〟だった。ビーチサンダルを脱ぎ捨てるなり、彼女は駐車場の白線をまたぐように駐《と》めてあるRV車に向かって駆け出した。落ち着きのない〝補欠男〟がその後につづく。どうせ濡れるんだから、とばかり、彼はぶらぶらとバス停に向かって歩いてゆく。〝チャーチ・レディ〟だけがこうもり傘を持ってきていて、どうお、一緒に、と声をかける。〝ケミカル・エンジニア〟と〝スクールティーチャー〟がその誘いに乗って、三人一緒に雨の中に走り出す。それぞれの車に順番に向かうのだろう。

雨は容赦なく降りつづき、玄関のひさしは滝に、階段は急流に、駐車場は洪水に呑《の》まれた原野と化してしまう。

F-17とC-2だけがその場に残された。この人、わたしと二人きりになるのを待っていたのだろうか、とC‐2は思う。向こうでも、この女、おれと二人きりになるのを待っていたんだ、とでも思っているのかもしれない。さっきの会話が尻切れトンボになってしまったのが悪かったのだ。でも、別にかまわないけれど。

「一応、遺族の許可を得ることが必要なんだけどね」さっきのやりとりがあってから、何事もなかったかのようにF‐17が言う。

「もちろん、まず第一に、死体の遺族の方にお目にかかるわ」C‐2は言う。「それにわたし、死体の顔を撮ったりする気はないの。死体の素性がわかるような体の部位もね。人間の皮膚の下はどうなっているのか、それだけなのよ、興味があるのは」

「人間の体の外面と内面は、千人いれば千通りなんだよ」

「脾臓《ひぞう》一つとっても、まったく同じ外見のものなんかあり得ないわけね」

「なかには脾臓が三つある人間もいる。膵臓《すいぞう》が二つある人間もいるしね。七人のうち一人は、長掌筋が欠けている」自分の前腕の筋肉、手首から肘にかけて走っている筋を指してみせる。

「でも、心臓は必ず胸の左側にあるのよね」

「いや、そうとは限らないんだ。〝右心《うしん》症〟の人は、右側に心臓があるし。ま、ちょっと考えさせてくれるかい。いざ解剖にとりかかったとして——」

土砂降りがようやく止んだ。

「まずは頭部を切り離すんだが。そうだな、その後ならば——」

「どうだった、うまく逃げられたか、陪審員の義務からは？」C－2が玄関から入ってくるなり夫が問いかける。夫は終日家に一人っきりで回顧録を書いているのだ——ジャーナリストとして油が乗りきっていた当時、夫は、晩年になってから回顧録を書く戦争報道記者たちを軽蔑していたのに。「〝われらは神を信ずる〟って標語を盾に逃げる作戦、うまくいったのかい？」

C－2が濡れた靴をまだ脱ぎ終わらないうちから、重ねて問いかけてくる。

二人が暮らしている家は、人目につかない湖畔沿いの未舗装道路の突きあたりにある。壁の八十パーセントがガラス張りのミッドセンチュリー・スタイル。嵐がやってきたりすると大変だった。前回ハリケーンが吹き荒れた後は、ガラスの破損を防ぐためX字形に貼った粘着テープを全部剝がすのに何週間もかかった。それにすっかり懲りて、もうハリケーンがきても、窓に残らずテープを貼るくらいならガラスの破片で首を切られたほうがましだわね、などと話し合ったくらいだった。

結局わたし、殺人事件の裁判の陪審員を務めることになっちゃった、とC－2は夫に報告する。

「殺人というと、第一級殺人か？」夫が訊く。

「あのね、陪審員になると法廷外で裁判のことは話せないきまりなの」

C‐2は夕食の用意にとりかかる。簡単なサラダにした。キッチンには六連のガスレンジが備わっているのだが、二人とも料理は得意ではない。三十分後、書斎から出てきた夫の顔を見て、この人、こんどの裁判について、もうわたしよりずっと豊富な情報を仕入れているなと C‐2は察しをつける。

「困るんだな、あなただけ情報をどんどん仕入れたりすると。わたしはパソコンに近寄らないようにするだけでも大変なんだから」

「おれが情報を仕入れたって、何が悪いんだ？」

「だって、これからはあなたの顔を見るたびに、あ、また秘密を隠しているな、って思っちゃうじゃない」

「秘密なんかじゃあるもんか。事件の情報は、もうインターネット中にあふれてるんだから」

「被告の女性が殺した相手ってだれなの？」

「正しくは、だれを殺した容疑に問われているか、だろう」

「どうせ月曜日になれば、わたしにもわかるのよ」

夫は何も言わない。

「ね、だからあなたには調べてほしくなかったの。あなただけ秘密を抱えていたんじゃ、せっかくの週末も楽しめないじゃない」

夫のポーカーフェイスがすこしやわらいで、戸惑った表情が浮かぶ。昔もいまも、夫はハンサムな男なのだ——ただ、歳をとるにつれて脚がやや短くなり、顔立ちが険しくなり、豊かな白髪が眉にかぶさるようになってきてはいるけれども。

「わたしたち陪審員は隔離されるかもしれないんですって、裁判が終わるまで」

さほど驚かない夫の表情から、インターネットにはもう裁判が長期化する見通しも流れているんだな、とC－2は思う。

「で、どのくらいつづきそうなんだい、隔離は？」夫がたずねる。

「裁判長からは、常用している薬を三週間分用意しておくように、って言われたわ」

C－2は夫の顔に目をこらす。妻がいない暮らしはどうなるのか、夫は思案しているようだ。八十六歳で、五感が衰えつつあるなか二十一日間一人で暮らす——それはいまだ経験したことのない孤独だろうとC－2も思う。

「だれかにきてもらって、泊まってもらったらどう？」C－2はたずねる。

夫には前妻との間にできたジミーという息子がいて、車で二時間くらいの距離に住んでいる。他にも頼りになる友人たちや隣人たちがいないわけでもない。だが、もし夫が真夜中に目覚めて、頭がふらついたり、暗闇で場所の感覚がつかめなかったりしたとき、そばで手助けまではしてもらえないだろう。心臓がドキドキしたり、足がつったりする場合だってあるはずだ。

以前からそうなのだが、夫には心気症の気味がある。ここにきてようやく正常にもどりつつあるのだが、自分であれこれよくないことを想像すると、そのとおりの症状が現れがちだった。

「おれは赤ん坊じゃないぞ」夫は言う。

「一日に一度、ジミーにきてもらうという手もあるんじゃない」

「おれが原稿書きでうんうん唸っているとき、あいつにリビングでテレビを見ていられたんじゃ、やってられないよ」

「じゃあ裁判長に頼んで、わたしを陪審員からはずしてもらおうか？　ちゃんと補欠の男性までいることだし」

ああ、そうしてくれ、と喉まで出かかっているのがよくわかる。

だが、夫は言う。「馬鹿な」

サラダを食べ終わってフォークを置くなり夫は訊く。「隔離に入っても、おまえとは連絡がとれるんだろう？」

「もちろん、できるはずよ」

†

夫が食洗機に食器を入れてくれているあいだに、C‐2は自分の仕事場に向かう。そこはガレージの隣りに設けた納屋程度の大きさの別棟で、ごく事務的なしつらえだが手術室のように清潔だ。最近、夜はたいていそこで美術書をひらいて、解剖の模様を描いた絵を探す。それは過去何世紀にもわたって、驚くほど人気のあるテーマなのだ。そういう絵の依頼主は、主要な大学の医学部や外科医の団体だったりする。あのレンブラントが、二十五歳のとき意気揚々とアムステルダムに到着して最初に描いたのが、『テュルプ博士の解剖学講義』だった。レンブラントの天才は、一幅の絵の中にテュルプ博士と学生たちと死体を配し、光と影によって鮮明に浮き上がらせている点にある。個人が集団に溶け込んでいる、最初の集合描写と言っていい。横たわっている死体の主は泥棒で、絞首刑にされた直後に買い取られた。テュルプ博士が引っ張っているのは長掌筋ではないかとC-2は見ている。盗みを働いた手指をコントロールする筋肉だ。

「何をそんなに夢中になって見てるんだ?」戸口にもたれかかって、夫が声をかけてきた。

近寄ってきた夫にレンブラントの絵を見せて、実は陪審員仲間に解剖学の教授がいるのよ、とC-2はF-17のことに触れる。「死体の遺族の許可さえもらえたら、解剖の模様を写真に撮ってもいい、って言ってくれてるの」

「だけどおまえ、次のシリーズは生命讃歌にしたいと言ってなかったか」

「〝生命讃歌〟って言葉は、使わなかったと思うけど」

「〝もっと明るい〟だったかな。そんなふうな表現だったぞ」

「動物が殺される写真はもう撮りたくない、って言ったのよ」

「で、その代わりに解剖の写真を撮るっていうのかい」

「それはね、似ているようでまったくちがうテーマなの。殺される瞬間とは大ちがいだし」

「でも、動物の写真だって、おまえが撮ったのは殺される瞬間そのものじゃなかっただろう。その瞬間を見る母親の表情だったはずだ。解剖のテーマにしたって、死体の主を悼んで悲しむ者がどこかにいるんじゃないのかい」

夫はC‐2の背後に立って、首筋にそっとキスしてくる。いつもの、閨《ねや》の誘いをかける仕草だ。

でも、それまで解剖の絵を一時間も見ていたC‐2は、その気にはなれない。

「やっぱり、おまえがいないと淋《さび》しいよ」C‐2の肩を撫でながら夫は言う。夫の指の爪は体のどこよりも早く老化している。角質も爪より荒れている。いまみたいに肩を撫でられると、せっかくの優しいタッチが硬い爪のおかげでだいなしになってしまう。

〝どの幸せな家族も幸せな理由は一つだが、どの不幸な家族も不幸な理由はそれぞれにちがう〟。トルストイのこの金言に、C‐2はこう付け加えたくなる――どの幸せな結婚もセックスが満たされているが、どの不幸な結婚もセックスが満たされていない。

二人はいまも交わるものの、それはC‐2が十六歳のときに〝体の芯まで燃え上がる〟と呼んだようなセックスには程遠い。いまの夫は彼女を征服するというより、彼女にまとわりつくのに近い。それでも最高に満足したときは、夫の性欲の強さにC‐2は驚かされる。そのとき、性のテクニックや持久力や強靭《きょうじん》さは、もっと根源的なもの、命ある限り生きたいという願望にとって代わられている。年齢とともに身長や体重は減っても、夫の生命力はますます旺盛に燃えさかろうとしている。いま、二人の営みはポテンツやテクニックよりもっと親密で和やかな何物かに支えられている。

それでC‐2は息がつまりそうになるのだ。

もしC－2が隔離されれば、二人はしばらく会えなくなる。で、夫は月曜日の朝、彼女を車で裁判所まで送ってゆく。二人の愛車はプリウスだ。もう一台オンボロの車があって、十二年前ニューヨークから越してきた当座はその車を使っていたのだが、ある夏、特別雨にたたられた際、ボディが苔《こけ》に蔽《おお》われてしまって、湖畔のねばついた泥中に沈んでしまった。その姿たるや、タール坑の中で身動きのとれなくなった、毛むくじゃらのマンモスのようだった。

裁判所は日当たりのいい広場に面した、四階建ての面白みのない建物だ。大理石造りの四角い外観は、ル・コルビュジエ風というよりソ連時代のロシアの官庁舎を思わせる。この町は郡の首都にあたっており、町民の多くは公有地を供与された大学に関連した施設に勤めている。C－2の夫は、『タイムズ』を退職した後、この大学のジャーナリズム学科の寄付講座教授の職についた。が、たった二学期限りで辞めてしまった。自分が生涯かけて涵養《かんよう》した知識を若者たちにあっさり与えてしまうのは業腹《ごうはら》なんでな、とC－2にはその理由を説明したけれども、彼女は本当の理由を知っている。夫は、つい自分が有頂天になって、いま執筆中の回顧録の内容を出版前にばらしてしまいやしないかと、それが心配になったのだ。それでも二人は湖畔の家にとどまった。ちょうどC－2が〝動物の母親シリーズ〟を撮りはじめたころだったので、取材の宝庫から離れたくなかったからだ。その湖畔を歩くと、多種多様な捕食動物に出会えるのである。

　裁判所の前に近づくと、テレビの取材班やレポーターたちが入口の前にむらがっている。暑い日差しを遮ってくれるナツメヤシのわずかな木陰を奪い合っているのだ。縁石沿いにはパラボラアンテナを備えた報道車両が並び、向かい側には〈ヴィレッジ〉からやってきたバスが待機している。〈ヴィレッジ〉とは、ここから百キロほど南に展開している広大な、マイアミでも有名な高齢退職者向けの保養・住宅地である。

「わたし、隔離されるのよね？」C‐2は夫に訊く。

「どうしておれが知ってるんだ、そんなこと？」

「あなたはネットでいろいろ調べてるでしょうから。あの被告、いったいだれを殺したの？」

「生後十八か月の弟を殺した。そういう容疑だそうだ」

「どうやって殺したの？」

「火をつけたんだそうだよ」

　夫は裁判所の地下駐車場に車を乗り入れる。うららかな陽光が降りそそいでいた屋外と比べると、そこは薄暗い迷路にも似ている。陪審員用の出入り口の前で止まると、夫は車を降りて助手席のほうにまわり、降り立ったC‐2に近寄ってくる。慎重なその足どりは、暗がりでは目のきかない人物のように心もとない。二人は抱擁する。夫の背はいつのまにか七センチほど低くなっているので、いまはC‐2のほうが背が高い。自分の顎が夫の頭に触れるたびに、C‐2は妻というより母親のような気持になる。

「三週間は会えないのかもしれんな」夫が言う。「すごくつらいよ、実際」キスをする際、夫は舌をさし入れてくる。思いのたけを込めたいのだろうが、それより、だれもいない家に一人帰る不安のようなものをC‐2は感じてしまう。

C‐2はそっとささやいた。「わたし、〝夫婦面会〟を頼んでおくから」

†

中に入ると、常用薬も入っている小型の旅行バッグが調べられ、携帯とタブレットがとりあげられて一時保管用の袋におさめられる。それからC‐2は保安官代理にともなわれて陪審員待機室に案内される。そこは学校の教室ほどの広さの窓のない部屋で、設備は歯科医の待合室並み。全米退職者協会の機関誌『AARP』や『エンタテイメント・ウィークリー』のバックナンバーが置かれている。

C‐2が入っていくと、F‐17が、読んでいた本、たぶん読み切るまで三週間はかかりそうな厚さのSFのペイパーバックから顔を上げる。彼がすわっているソファには、〝ケミカル・エンジニア〟と〝補欠男〟も並んですわっていた。〝ケミカル・エンジニア〟はプロテイン・バーをむしゃむしゃ食べており、〝補欠男〟はドッグ・レースの予想紙を読んでいる。だれもが小型の旅行バッグを持ってきていた。

「わたしたち、隔離されるのかしら?」C‐2は訊く。

「いまのところ、何の情報もないけどね」と、F-17。

「報道関係の車が何台も集まってたよな」〝補欠男〟が言う。

「ジョージ・ツィンマーマン事件[*]や、うるさい音楽がもとで起きた殺人事件にマスコミが大騒ぎするのはわかるけど、なんで十代の女性が起こした事件がこんな騒ぎになるの?」〝ケミカル・エンジニア〟が言う。

「静かに」保安官代理が注意する。

そこに、〝コーンロウズ〟が到着する。まるでいまからカリブ海クルーズにでも出かけるような、特大のキャリーバッグを引っ張っている。

「あたし、水着も持ってきちゃった」だれにともなく、大声で言う。「あたしのボーイフレンドのお姉さんが、I-17号線沿いの〈エコノ・ロッジ〉ってモーテルのクリーニングを担当してるんだけどさ、この裁判所で陪審員が隔離されるときは、たいていそこに泊まらされるんだって。そこね、プールもあるんだってよ」


*ジョージ・ツィンマーマン事件　二〇一二年二月二十六日、フロリダ州サンフォードという町で、当時二十八歳だったツィンマーマンと当時十七歳だった黒人の高校生トレイヴォン・マーティンが口論になり、ツィンマーマンが丸腰のマーティンを射殺した事件。裁判の結果、六名からなる陪審がツィンマーマンに無罪の評決を下したことから広範な抗議運動が湧き起こり、それは〝ブラック・ライヴズ・マター〟の社会問題に発展してアメリカ中を揺るがした。

†

六人の陪審員と〝補欠男〟は法廷での座席の順に一列に並ばされて、ドアをくぐってゆく。星条旗や金色の紋章に飾られてはいても、法廷はおよそ色彩感に乏しい。ベージュ色の壁、吸音仕様の天井。実用一点張りの椅子は、オンライン・カタログで一括購入されたかのよう。赤みがかった金髪の法廷速記官はくちゃくちゃとガムを噛んでいるし、裁判長の小槌《こづち》のわきにはスムージー・ジュースの十六オンス・カップが置かれている。それでもC‐2はやはり厳粛な気持になる。彼女はもともと自分が口うるさい人間だとは思っていない。が、他人に厳しい目を向けることはある——それも、しょっちゅうある。自分が気ままに撮ったピンボケのスナップ写真をもっともらしく批評してマッカーサー助成金をせしめた友人や同僚のことは心中厳しく採点しているし、どうかと思うボーイフレンドばかり選んでいる母親にも厳しい目を向けている。ホームレスの人を撮った悪趣味な写真に特別賞を与えるような写真コンテストも、内心厳しく断罪している。しかし、この法廷で人を裁くことは、そうした裁きとは根本的にちがう。それは、人間が神の領域に近づくことに等しいのだから。他の陪審員たちも同様に厳粛な心持になっていることを、C‐2は肌で感じとる。ビーチサンダルをはいた〝コーンロウズ〟ですら、いまは背筋をしゃんと伸ばしてすわっている。

傍聴席は報道陣と〈ヴィレッジ〉からやってきた高齢者たちで埋まっていた。〈ヴィレッジ〉の経営者はセントラル・フロリダ中の高齢者をバスに乗せて裁判所に送り込み、話題の裁判を傍聴させているということを、C‐2は何かで読んだことがある。そうして裁判を傍聴するほうが、高齢者同士、シャッフルボード・ゲームなどに興じるよりずっと面白いのだそうだ。

「おはようございます、みなさん」裁判長が着席し終えた陪審員たちに向かって語りかける。「わたしは、この裁判が終了するまであなた方を隔離することにしました。裁判が行われているあいだ、あなた方の素性も公開しないこととします。弁護人や検察官は、あなた方を実名ではなく符号で呼ぶことになります。報道陣の方々も、あなた方の写真を撮ることは厳禁です。傍聴人のどなたであれ——」ぐるっと傍聴席を見まわして、「陪審員の写真を公開したり、フェイスブックやインスタグラムにアップしたりした場合は、法廷侮辱罪に問われることをお忘れなきように。その場合は、よろしいですか、懲役刑が科されることになりますからね」

廷吏がメモ帳と鉛筆を陪審員全員に配り終わってから、裁判長はつづける。

「裁判中メモをとることは自由ですが、それに熱中するあまり、開示された証拠や証言に対する注意がおろそかになることがないように。メモは記憶の代用品にはなりません。どんな書き付けも記憶の代用品にはなりません。肝心なのは、証人がどういう証言をするかだけではなく、あなた方がそれを信じるか否かなのです」

C‐2、F‐17、それに落ち着きのない〝補欠男〟だけがメモ帳をひらき、残りの陪審員たちはメモ帳を膝に置くか椅子の下に置くかしている。

裁判長が容疑を読みあげる——第二級殺人で一項目、第一級放火で三項目。

「では検察官、冒頭陳述を」

でっぷりした検察官が起立して陪審員席のほうを向き、おはようございます、と挨拶する。今回は上着のボタンをかけようとすると、すんなりとかかる。それから検察官は、陪審員が入場したときから用意されていた架台にポスター・サイズのカラー写真を置く。特別愛くるしいとも言いがたい赤子の写真だった。写真の裏がちらっと見えたとき、C‐2は確認する——その写真はどこにでもあるオフィス用品チェーン店、〈オフィス・マックス〉でプリントされていた。

「いいですか、生後十八か月のケイレブ・カール・バトラーは、火事のさなかに死んだのではありません。火をつけられて死んだのです。どうしてそうだとわかるか？」検察官は被告人のほうを指さす。「なぜなら、彼女がわれわれにそう語ったからです」

被告人はだれかに美容室につれていってもらったらしい。きょうは髪の黒い部分がカットされており、金髪が古風なページボーイ・スタイルにまとめられている。

C‐2はメモ帳に鉛筆を走らせる。

彼女はだれかに愛されている

「ケイレブのおむつには、塗料用シンナーがしみ込ませてありました」検察官はつづける。「しかしながら、塗料用シンナーは効果的な燃焼促進剤とは言えません。ですから、放火事件の専門家が放火時の様子を再現しようとしたところ、同様のおむつを燃え上がらせるまでに、九分という時間と四十三本のマッチを必要としたほどです」

C－2はメモ帳に書きつける。

被告は一分間に六十八回まばたきをする

「自分の姉が次から次へとマッチをすりながらも、おむつを燃え上がらせることができずにいたとき、赤子のケイレブは何をしていたのでしょうか？　想像してみてください」検察官は四十三本のマッチをする真似をする。彼は九分まるまるかけて想像上の炎が燃え上がるのを待つ。もしC－2がその場にカメラを持っていたら、ケイレブの母親の顔のクローズアップを撮るだろう。母親はいま、傍聴席の真ん中の通路をはさんで被告側の最前列にすわっている。が、娘のほうを見ようとはしていない。見ようとしたら、目に入るのは新たにページボーイ・スタイルにまとめられたヘアの後頭部だけだっただろう。被告の双子の姉、あの美貌の娘のほうはきょう姿を見せてはいない。

検察官は一枚の写真を陪審員に見せる許可を求めた。が、被告側が異議を呈する。その写真をじっと見ていた裁判長は、市民的な平衡感覚が揺らいだのか、目を大きく見張る。その写真は一定の先入観を与える恐れあり、として裁判長は公開を禁じる。と、検察官はすぐに代わりの写真を提示する。こんどは被告側も反対しなかった。

その写真は最前列の椅子にすわっている〝ケミカル・エンジニア〟に渡される。一瞬、身をこわばらせて見つめた後、彼女はすぐF－17に写真をまわす。彼は注意深く写真に目をこらし、メモ帳に何か書き記してから〝チャーチ・レディ〟に手渡す。一見して、写っているのが何なのか、彼女にはわからなかったらしい。それがわかってきたとき、彼女は素早く写真を次の陪審員に手渡し、それはやがてC－2にまわってくる。それは、焼け爛《ただ》れて原形をとどめないベビーベッドの、六つ切りサイズの写真だった。

「弟ケイレブのおむつに火をつけた後、被告人はケイレブが泣き叫ぶのもかまわず子供部屋のドアを閉めます。そのとき、いいですか、ケイレブはまだ生後十八か月だったんですからね。被告人はさらに二か所に火をつけます――彼女の双子の姉の寝室と、自分自身の寝室に。そして午後四時三十八分、子供部屋のドアを閉めた六分後に、緊急通報の911をプッシュして交換手に告げるのです。正確にはこう言ったそうです――〝なんだか煙のにおいがするんだけど〟」若い女性特有の金切り声を再現しようと、検察官は裏声で言う。おそらく被告人の声をまねたのだろうが、たぶん、自分たち陪審員が今後被告人の声を聞くことはないのではないか、とC－2は思う。検察官はつづける。「〝なんだか〟？〝煙のにおい〟？いいですか、被告人はそのとき、炎上しかけている屋内に赤子がいることに一切触れていないのです」

被告側がいまの検察官の説明の一部に異議を唱え、裁判長をまじえて協議が行われる。

C－2の手にはまだ、原形をとどめないほど焼け爛れたベビーベッドの写真が握られている。それを回収して証拠物件に加えようとする者が、だれもいないのだ。どうすればいいのか、

C‐2にもわからない。審理に集中できるように写真を伏せておこうか。それとも、自分が審判を求められている事案を直視できるように、表向きにしたままでおこうか？

†

正午きっかりに裁判長は休憩を宣して、お昼休みに入る。

行く先を告げられぬまま、陪審員たちは窓のないヴァンに乗せられる。数分後にヴァンは止まり、保安官代理がドアをあける。経費が裁判所持ちの昼食の席に選ばれたのは、〈ニック・アンド・グラディス・ランチョネット〉というレストランだった。もう何年も前からC‐2は車でこの店の前を通っていて、ここはてっきり閉鎖されているものとばかり思っていた。が、そこはいまもまちがいなくニックとグラディスという西インド諸島出身の老夫婦の手で営業中だった。この日の客は、陪審員たちと保安官代理しかいなかった。メイン・メニューが、素朴な筆跡で黒板に手書きされている。フライド・ポーク・チョップか、牛肉料理のロンドン・ブロイル。C‐2はヴェジタリアンなので、ライスとグリーン・ピースという付け合わせだけにしてもらえないか、と頼む。ヘアネットをつけたグラディスが付け合わせをとりわけ、ニックがフライ料理にとりかかる。しばらくして料理が運ばれてくると、まだだれも食べはじめないうちに、〝チャーチ・レディ〟が食前のお祈りを唱えだす。それを横目に〝補欠男〟が保安官代理にたずねる——で、今晩の夕食はどこで食わせてもらえんのかな？

「〈アウトバック・ステーキハウス〉だよ」

「そこで、何でも好きなものを注文できるのかい？　酒も好きなように飲んでいいのかな？」

「アルコール類までは、州は料金を負担しないよ」保安官代理は答える。

「じゃあ、自分で負担すれば、夕食の際ワインを一杯ぐらい飲んでもかまわないの？」〝ケミカル・エンジニア〟が訊く。

「ああ、一杯ならね」

「ふん、しみったれてやんな」と〝補欠男〟。

デザートは赤いふんわりしたケーキか、ナポリタン・アイスクリームのどちらかで、みんなが選んでいるあいだに〝コーンロウズ〟が〝ケミカル・エンジニア〟のほうを向いて、自分の畝状の髪のほつれた箇所を指してたずねる。「ねえ、これを洗うの、どうやったらいいんだろう？　あ、気にさわったらごめんね。ただ、あんたって、こういう方面に強いんじゃないかと思って」

「それはね、洗うんじゃなくて、オリーヴ・オイルのボウルにひたせばいいのよ」〝ケミカル・エンジニア〟は答える。彼女の髪は頭にぴったり撫でつけられ、左右両側がきちんとカットされている。「あ、その際、オリーヴ・オイルにココナッツ・オイルをミックスするのを忘れないで。じゃないと、髪の毛がサラダみたいな匂いをまき散らしちゃうから」

「でも、オイルがたれないようにするにはどうすりゃいいの？」

〝ケミカル・エンジニア〟は微笑する。その横顔は、古代エジプトの女王ネフェルティティに似ている。コーンロウズ・スタイルの髪の洗い方に関する彼女の知識は、C‐2のそれと五十歩百歩のようだった。

「あなた、水着を持ってきたんでしょう。スイミング・キャップは持ってきてないの？　それを使えばいいじゃない」〝ケミカル・エンジニア〟は〝コーンロウズ〟に答える。

そのとき、F‐17がC‐2に声をかけてきた。

「外に出て、タバコを一服しないか？」

「それは、かまわないんですか？」C‐2は保安官代理にたずねる。頬の傷跡や悠然とした物腰から推して、この保安官代理は元軍人らしい。

ここから窓越しに見える位置なら出てもかまわない、と彼はC‐2とF‐17に告げる。C‐2は外に出て、ガラス窓の端の日当たりのいい位置に立つ。F‐17は文字の薄れかけた店の看板にもたれかかる。その看板の〝ニック・アンド・グラディス・ランチョネット〟という文字は、黒板に書かれたメニューの筆跡と同じだ。

F‐17はタバコを一本、C‐2に差し出す。

「タバコは吸わないのよ、わたし」

「ぼくもさ、ふだんはね」

F‐17は自分とC‐2の分のタバコに火をつける。二人とも、火のついているほうの端を風下に向けて持つ。エアコンの冷気にさらされた身に、暑い陽光が心地よい。

「実は一カートン分、持ってきてあるんだよ」F‐17が言って微笑する。

†

全員が陪審員室にもどったところで、C-2は保安官代理からメモを手渡される――〝ご主人から電話あり〟。

「あなたが本当に隔離されることになったのか、知りたいんだそうだ」と、保安官代理。

「答えはイエスだって、言ってくれた？　いま、わたしのほうから電話をかけられるのかしら？」

「言いたいことをメモに書いてくれれば、こっちで伝えるから」

やっぱり隔離されることになったの、と、C-2はメモ帳からちぎった紙に書きつける。許可が出しだい、電話するから。必要なときはジミーに電話すれば。無理は禁物よ。

最後の一文は線で消して、廷吏にメモを手渡す。

その内容を廷吏が電話で伝える声が、C-2にも伝わる。「やっぱり隔離されることになったの。許可が出しだい、電話するから。必要なときはジミーに電話すれば」

夫が長々と応じる声は、C-2には聞こえない。が、廷吏の顔にはすぐに苛立《いらだ》たしげな表情が浮かぶ。

「いいえ、いまは奥さんとお話しにはなれません」廷吏がC-2の夫に伝える。

待ちかねたように検察官が陳述を再開する。もう上着のボタンをかけようともしない。「彼女の犯行の手口はわかっています。では、その動機は何か。人類史上もっとも古い動機、すなわち、嫉妬です。ケイレブは奇跡の赤ちゃんでした。バトラー夫人が、長年の努力の末、自分がとうとう妊娠したのに気づいたのは、四十四歳のときでした。そのとき、ご主人のバトラー氏は五十歳です。その十二年前に、バトラー夫妻は、当時五歳だった被告のアンカと双子の姉のステファーナを、ルーマニアの児童養護施設から養子に迎えています」ルーマニアの児童養護施設という言葉を、彼は特別に強調して発音し、そこで一拍置く。陪審員のそれぞれが、ルーマニアの児童養護施設という言葉から暗いイメージを抱くのを期待しているかのように——工場のようなだだっ広い部屋に放置された子供たち。ほとんど寝かされ通しのため、後頭部もひらたくなっている孤児たち……。

被告側が異議を唱えて、またも三者協議が行われる。検察官は陪審員たちのほうを見やって、ぐるっと目玉をまわしてみせた。被告側が余計な口を挟まなければ、動機はいくらでも提示できるんですがねえ、とでも言いたげに。

†

協議が終わると、検察官は被告人に不利な話を次々に述べたてる——アンカが怒りっぽい性格であるとか、各界の専門家の協力を得て診断が固まりつつあるとか。少年期から青年期にかけて、不穏な行動に駆りたてる一般的な要因もあげてみせた。友人がいないこと、肥満、いじめたりいじめられたりすること。

聞くそばからC－2はメモに記していった。

その日最後に彼女が書き留めたこと。


被告の本当の動機について、検察側はつかみきれていない

〝コーンロウズ〟が先に洩らした情報は事実とわかった。陪審員たちは、やはり〈エコノ・ロッジ〉に泊まることになる。インターステート・ハイウェイを間に挟んで、青い礁湖《しょうこ》シルヴァー・スプリングズの反対側に建つモーテルだった。礁湖の周囲は蔦《つた》の生い茂る樹林で、最初のターザン映画が撮影されたロケ地として知られている。八車線のハイウェイの、樹木のない側に建つ〈エコノ・ロッジ〉は二階建てのスタッコ仕上げの建物で、強化プラスティック製のプールを備えている。このモーテルの看板、渦巻き状の曲線と星をあしらったそれは、市販されているタイド洗剤のマークにそっくりだ。

陪審員たちの他に宿泊客はいない。

「朝食は午前七時、場所はロビーですからね」フロント係のインド系の女性がそう伝えてから、陪審員たちの部屋を割り振ってゆく。が、キー・カードは渡さない。

C‐2に割り振られた部屋は二階だった。うるさい氷の自販機のある素通しのオープン・スペースとF‐17の部屋に挟まれていた。すぐ真下の部屋を割り振られたのは、〝チャーチ・レディ〟で、「わたしは眠りが浅いたちだから、靴をはいたまま部屋を歩きまわらないでくださいね」と、さっそくC‐2にくぎを刺す。このモーテルで一部屋しかない広いスイートルームは、〝コーンロウズ〟に与えられる。

「あんたのボーイフレンドの姉さんが、このモーテルのクリーニングを担当してると言ってたよな」〃補欠男〃がいやみを言う。「それで、依怙《えこ》ひいきされたってわけかい」

「そんなことはない」保安官代理が割って入る。「みなさんの部屋は裁判所の指示どおりに割り振られたんだ。ついでに言っておくと、どの部屋も、ドア内側のチェーンとボルトは取りはずされていて、内側からロックできないようになっているからそのつもりで。ケーブル・テレビは受信できない。Wi-Fiも使えないようになっている。ただ、テレビにはDVDプレイヤーがついているから、フロントで好みの映画を借りてきて見てかまわない。何か質問は?」

「メイド・サーヴィスは受けられるのかしらね」〃チャーチ・レディ〃が訊く。

「夕食は〈アウトバック〉って店だったな。いつ出かけるんだい?」と、〃補欠男〃。

「どうしても、そこまでいかなくちゃいけないの?」C-2は訊いた。

結局、彼女と〃ケミカル・エンジニア〃、それにF-17がレストランの出前を選ぶ。

†

ツィン・ベッドが二つ。床のシミを隠すための柄模様のカーペット。読書ランプ。遮光カーテン。それと、意外なほど清潔なバスルーム。窓からはハイウェイを行き来するセミトレーラーが見える。夫ならば、まずこんな部屋に泊まることはないだろう。だが、C-2は一人で旅する際、ひそかにこういう目立たないモーテルに泊まることがある——シーツだけは自分のものを必ず携帯していくのだが。

無意識のうちにリモコンをとり上げてテレビを試してみたが、予告されていたとおり何も映らない。ここにいるあいだは、外からの情報を完璧に遮断されるらしい。

最近は歴史、科学、伝記等のノンフィクションを読むことが多いのだが、今回は小説を二冊持ってきてあった。なぜなら、小説は何かに共感する感覚を研ぎすますという話を何かで読んだからである。この裁判では——とC－2は思う——ルーマニアの孤児の心情を可能な限り思いやる気持が必要になるにちがいないのだ。二冊の小説の一冊は、夫から奨められたスリラー物。もう一冊は、もう何年も前から読もうと思って果たせないでいる『ボヴァリー夫人』の新訳だった。

靴を脱ぎ捨てて、ベッドの、エアコンにいちばん近い位置に長々と横たわる。読書ランプをつけた。冷たいLEDの光が枕にこぼれ落ちる。二冊の小説を両手に持って、文字どおりその重さを量ってみる。どちらも、いまは読む気になれない。ケイレブという赤ちゃんが焼き殺された話を聞かされた後では、〝手に汗を握る〟スリラーもぬるま湯のようだし、ボヴァリー夫人の不倫の顚末《てんまつ》もごく陳腐に感じられてしまう。

ベッドから降りて、窓際に歩み寄る。ここからは、高速道路を疾走するセミトレーラーに加えて、四角いプールも見渡せることがわかった。プールは十分に縦長で、一方のエンドゾーンは深く、反対側のエンドゾーンは浅くなっている。周囲を囲む芝生は松の木に囲まれていて、ハイウェイからも隔たっている。ごく狭小なプールサイドにはデッキチェアが四脚。いまはそのうちの二脚に野良猫が寝そべっている。蔦のからまる、安全基準をかろうじて満たす高さの金網がプライヴァシーを保っていた。

F-17は水着を持参することを忘れなかったようだ。いまは一人で悠々と泳いでいる。ターンする前になるべく距離を稼ごうとしているのか、プールを斜めに泳いでいる。C-2も水泳は好きなのだが、水着を持ってくることは思いつかなかった。F-17は水深の浅い端ででんぐり返るように一回転してから、またクロールで泳いでいる。水飛沫《しぶき》がほとんど上がらない。あの抜き手の巧みさは認めてあげよう。

C-2はショートパンツに着がえ、駐車場を横切ってプールに向かう。泳ぐのは無理でも、足を水に浸すくらいはできるだろう。それに、被告のアンカがあれほど頻繁にまばたきをくり返す理由について、医学の専門家の意見を聞いてみたかった。

F-17はデッキチェアに寝そべって、傾いた日差しをよけようと両目をつぶっていた。濡れた体もそのままで、胸板に水玉が光っている。にきびの跡の目立つ顔とは対照的に、驚くほどなめらかな胸板の肌。予備尋問の際、四十二歳と明かしたが、それよりずっと若く見える。黒い髪は陽光に直射されても赤っぽく見えない。長くのばせば巻き毛になる髪を、毛が一度カールしたところでカットしているせいか、全体のヘアスタイルがローマ帝国時代の大理石の将軍像の頭部に似ている。

C-2の影に気づいたのか、彼は両目をあけた。

「一つ教えてもらいたいんだけど」隣りのデッキチェアにはすわらず、その危なっかしい端に尻をのせてC‐2は声をかける。「人が頻繁にまばたきするときって、どういう心理状態にあるのかしら？」

「頻繁に、って、どれくらい？」

「一分間に六十八回」

「その質問は、陪審員仲間のぼくに向けられているのか、解剖学者としてのぼくに向けられているのか、どっちなんだろう？」

「これは医学的な質問なんだけど」

「頻繁にまばたきすると、概して視界がさまたげられるよね。ふつう、人が目を閉じるときというのは、外部情報が脳に達するのを遮断したいときなんだな」

「それは、嘘をついている証拠だって、何かで読んだけど」

「いや、嘘をついているときより白昼夢を見ているときのほうが、人はまばたきをくり返すものなんだ」

†

注文したテイクアウトの料理が届いた午後七時になっても、外はまだ明るく、陽光も薄れていない。届いたのはレストランの名をとった〝アウトバック・サラダ〟とベイクト・ポテト。C‐2は部屋の予備のベッドで食べる。この部屋には椅子が一脚もない。発泡スチロールの容器が二つ。一つは熱く、もう一つは冷たい。容器がまだ温かいうちに食べられるように、最初にベイクト・ポテトのふたをあける。それから透明な袋を引き裂いて、プラスティックのナイフやフォーク、小さなナプキン等をとりだす。フォークで突き刺したポテトに神経を集中して、ゆっくりと噛む。最近は一人で食べる機会があると、それを利用して、夫の没後、本当に一人で食べるときの練習のつもりで食べている。夫の母は九十六まで生きたが、夫もそこまで長生きできるとは限らない。夫の人生の最後の十年は、最初の十年に劣らず多事多端だろうな、とC‐2は思うようになっている。でも、その、最後の十年のカウントダウンはいつはじまるのだろう？　夫はいつも並外れた熱気を発散してきたけれど、最近はすっかり冷え切ってしまっている。もしかして、それがカウントダウンのはじまりなのだろうか？　それとも、昨年、心臓にペースメーカーを埋め込んだあのときが、カウントダウンのはじまりだったのだろうか？

いつのまにか、ポテトが冷たくなってしまった。

こんなモーテルから出ていきたいと、しきりに思う。

そう、いますぐにも出ていきたい。

今夜はDVDでも見てすごそうか。

ロビーに降りていってみると、F‐17がすでにきていて、今夜許可されている三つのVHSカセットのどれにしようかと迷っている。彼はC‐2の意見を求めるように三つのカセットをかかげてみせる。『ティーンエイジ・ミュータント・ニンジャ・タートルズ』がいいか、『ドーラといっしょに大冒険』がいいか、それとも『アマデウス』がいいか。『アマデウス』はごく平凡な宮廷作曲家のサリエリが、モーツァルトの天才にどす黒い嫉妬心を燃やす物語だ。C-2はそれを映画でも舞台でも見ている。妙なるモーツァルトの音楽を聴けるかと思うと、無条件にそそられてしまう。

「このビデオだけど、陪審員同士、二人で見てもいいのかしら」C-2は夜勤の保安官代理、胸に星のバッジをつけた、くどい化粧の、〝ミス農協〟タイプの女性に訊いてみる。

「ああ、それは駄目なのよ。夜はみんな一人きりでいないと。あたしも朝までここで当直することになってるの」意外にハスキーな声だった。

F-17がC-2に『アマデウス』のビデオ・カセットを渡してくれる。

「だめ。わたしの部屋はDVDのプレイヤーしかないから」C-2は言う。

†

C-2はまたエアコンに近いツィン・ベッドに横たわって、石膏《せっこう》ボードの壁越しに隣室から洩れてくるモーツァルトに耳を傾ける。耳をすますと安っぽい壁はないも同然で、個々の楽器の音まで聞き分けられるほどだ。音楽が終わってくぐもった会話がはじまると、C-2はドアをあけて湿った夜気の中に踏みだす。二階の各室をつなぐ素通しの通路には、アンモニアと黴《かび》のにおいがかすかに漂っている。冷たいスポットライトに照らされた、蛾《が》の乱れ飛ぶ階段の降り口のわきでは、氷の自販機の鈍い唸り音が響いている。C-2は鉄の手すりにもたれかかる。

そこからも下のフロントが見えるのだが、あの女性の保安官代理の姿はいまはない。駐車場のほうにもいる気配がない。F-17の部屋で音楽がまたはじまる。『魔笛』だ。C-2はF-17の部屋のドアをノックする。彼は裸足《はだし》でベッドに寝そべっていた。ジーンズ姿で、シャツの前をはだけていた。C-2を見ても、驚いた様子はない。

この部屋のベッドはクィーン・サイズだった。

「お邪魔じゃない?」C-2は訊く。

「ぼくら、陪審員を罷免されちゃうかもしれないね」彼はC-2を中に入れて、ドアを閉める。

「わたし、モーツァルトを聴きたくて」

「じゃあ、映画を最初から見ようか?」

「それはいいの」

この部屋にも椅子がないため、C-2はベッドの端に腰かける。

「そこじゃ、落ち着かないだろう」F-17はベッドに寝そべっている。

「ううん。大丈夫」

「ほら。ぼくがベッドに腰かけて見るから、きみは横になるといい」

「馬鹿なことしてるわね、わたし」C-2は彼のかたわらに横たわる。すると、自分でも驚くようなセリフが口を衝《つ》いて出た。「ドアがロックされないのがいけないんだわ」

エンマ・ボヴァリーは、夫の下品なスープのすすり方に苛立つ。そんなシーンを読んでも集中できないだろうし、タフなヒーロー、ジャック・リーチャーの格闘シーンにも集中できないのはわかっていた。それと同じくらい、いまは、モーツァルトに嫉妬のほむらを燃やすサリエリの姿に集中できない。

†

実は、F‐17の部屋を訪れたのは、モーツァルトを聴きたいためだけではなかった。もしかして、ちょっとしたアヴァンチュールを楽しむことで、きょうの午後さんざん聞かされた痛ましい話の後味をすこしでも薄めることができるのでは、と思ったのである。もしかすると、隔離された夜の味けなさも、すこしは薄まるかもしれない。

F‐17は頭の下に両手を組んでいて、手の甲の筋が浮き上がっている。自然に両のくるぶしを組んだ足が美しい。

自分が歳をとりすぎないうちに、人生最後のアヴァンチュールを楽しむのはそんなに悪いことだろうか。C‐2はちょっとした計算をしてみる。仮に夫が母親の没年になるまで、あと十年長生きしたとする。そのとき、自分はもう六十二だ――寡婦になるには若すぎ、年下の男の目を引くには老けすぎている。

F‐17のほうだって、いまは映画に集中してはいないはずだ。きっと。でも、〝きっと〟は、

〝絶対〟とはちがう。すべては自分の妄想だったとしたらどうしよう――もっと悪いことに、自分がいま理性をかなぐり捨てようとしているのだとしたら？

C‐2は両目を閉じる。いまは音楽しか聞こえない。それと、すぐ隣りに横たわる男の肉体の生々しい感触。『ドン・ジョヴァンニ』が演じられている。これほど悲しいオペラはない。最高に悲しいオペラの最高に悲しい歌を、〈死〉がうたっている。

C‐2はぐるっと彼のほうを向いてキスする。

一瞬、驚いたような逡巡《しゅんじゅん》の後で、F‐17もキスを返してくる。そのキスは激しく、長く、官能的で、優雅だった。こういうキスを、自分はこんなに切実に欲しがっていたのかと思い知って、C‐2は恥ずかしくなる。

彼女はゆっくりと身を引いて、目をあける。明かりがついたままだった。ベッドカヴァーの色はオレンジに紫。手の跡がついている壁。カッテージ・チーズに似た色合いの天井。スクリーンではサリエリの顔を静電気のノイズの線がよぎっている。C‐2は再び〈エコノ・ロッジ〉で陪審員仲間と映画を見ている五十二歳の女にもどる。

「ごめんなさい、いけないことをしちゃって」彼女は言う。が、本心からいけないことをしたとは思っていない。自分でそう願ったわけではないのに、声も潤いを帯びている。目くるめくようなキスの余韻が、彼女の声を自分にもわからない何物かに変えている。

「どこが〝いけないこと〟なんだい？」F‐17が訊き返す。

「答えなくちゃだめ？」

「ぼくらは単に、公共の責務を果たしている二人の市民だろう。どう夜をすごそうと自由じゃないか」

「でも、本来ならあの保安官代理に見張られているわけだから、完全に自由とは言えないわ」

起き上がろうとするC-2の腕を一瞬つかんでから、F-17はゆっくりと離す。

「ありがとう」彼は言う。

「何が？」

「答えなくちゃだめかい？」

彼がビデオ・カセットを返しに階下にいって保安官代理の注意をそらしている間に、C-2はこっそりと自分の部屋にすべり込む。まだ九時には間があって、外は薄暮に近い。裁判長の指示に従って、C-2は睡眠薬のアンビエンを三週間分持ってきてある。それを一錠服《の》んだ。

目を閉じて横になり、薬のもたらす眠りがじきに訪れるのを意識しながら、さっきのキスを敢えて思いだそうとする。が、音楽が、さっきから頭の中で鳴りつづけているあの音楽が、邪魔をして思いだせない。

『ドン・ジョヴァンニ』。

C-2が初めてそのオペラを聴いたのは、ミドルスクールに通っていたときだった。音楽担当のフォックス先生が、その晩クラシック音楽専門のラジオで『ドン・ジョヴァンニ』を聴き、感想を書きなさい、という宿題をクラスに課したのだ。「あのオペラの崇高さを聞き逃さないようにね」と、フォックス先生は当時十一歳だったC-2とクラスメートたちに指示した。

C‐2を含めて、ほとんどのクラスメートは、カジノの従業員の息子や娘たちで、彼らの知る〝崇高さ〟とはスロットマシーンで大当たりをあてたときの感動くらいのものだったのだが。C‐2は当時、ラス・ベガスの分譲地で母と暮らしていた。そこは草地より砂地のほうが多いところで、フォックス先生の出した宿題は、それ自体が一種の社会勉強のようなものに近かった。

当時C‐2が母と暮らしていた家にはカセット・プレイヤーとテレビはあっても、ラジオといえばカー・ラジオしかなかった。で、その夜C‐2はガレージにゆき、母親のフォルクスワーゲンの運転席にすわって、ラジオのチャンネルを地元のクラシック音楽専門局に合わせたのだった。C‐2が長時間ラジオを聴いて車のバッテリー上がりを起こさないように、あらかじめ母親の手で車のエンジンがかけてあった。

そうしてクラシック音楽を聴きながら感想を書いていても、最初は面白くもなんともなかった。当時はビートのきいたリズムじゃないと、心にまったく響かなかったのだ。

フォルクスワーゲンのフロント・ウィンドウ越しには雑多なものが見えた。タイヤがパンクしたままの、自分の中古の自転車。この自転車がそこに放置されていたのは、どう頼んでも母親が修理に出してくれなかったせいだ。母と二人で自分の寝室の壁を塗り替えたときに使ったペンキの缶も転がっていた。あのときは自分の好きな紫色に塗ったのだが、その色はすぐ大嫌いになった。ごみ箱からは、夕食に食べたテイクアウトのピザの空き箱が突き出ていた。そんな醜悪な光景を見るのがいやで、目をつぶった。すると突然、音楽が心に響いてきたのである。

それはもう退屈でもなんでもなかった。目を閉じたまま、彼女は泣き出しそうになった。

そのとき、ガレージのドアがバタンとひらいて、母親がC‐2の名前を叫びながら突進してきた。「なんて馬鹿だったんだろう、あたし」母親は言った。「大丈夫？　排気ガスを吸い込んでない？」

あれ以来C‐2は何度となく自問したものだった。あのとき、あのガレージで自分を痺《しび》れさせたもの——フォックス先生の言う〝崇高なもの〟——は、あの音楽がもたらしたのだろうか、それとも一酸化炭素がもたらしたのだろうか、と。だが、それからも彼女の頭を離れず、彼女の個性をはぐくんできたのは、この世にはまぎれもなく崇高なものが存在しているという思いだった。あのときの彼女には、飾り立てた寝室でラジオを聴いている金持ちの家の少女たち同様に、その崇高さを感得する資格があったのだ。

さっきの、あれは、ただのキスだった——。

朝食はビュッフェ・スタイルだった。ロビーのわきに並んだ折りたたみ式のテーブルにC-2が近寄っていくと、F-17がもう顔を見せていた。〝チャーチ・レディ〟がしきりと彼に話しかけている。F-17が愉《たの》しげにこちらを見る。きみを待っていたんだという思いが、その視線にはこめられていた。

「タバコを一本、もらえる？」C-2は彼に訊く。

「外でタバコを吸ってくるからね」と、F-17はあの元軍人タイプの保安官代理に告げる。

二人は外に出て、保安官代理からよく見える、プールサイドの木陰のピクニック・テーブルに歩み寄る。きょうはタバコに火をつけてもらっても、C-2はタバコの先を風下には向けない。彼女は深く吸い込む。

「あれから一晩中考えていたんだ、きみのことを」F-17は言う。

「わたしはアンビエンを服《の》んだわ」

「本当は裁判のことを考えなきゃいけないんだろうけど」

「あれはただのキスだったんだから。わたしたちは大人なんだし」C-2は言う。が、その声音に大人らしさはこもっていない。もう一度、深くタバコを吸い込んで彼女は言う。「タバコって、こんなに美味しいものだったのね」

「きのう、頻繁なまばたきの原因ってなんだろう、って訊いたね。ぼくも被告の様子は注意して見てたんだけど、だんだん、こういう気がしてきたんだ。あの娘《こ》は抗精神病薬を長期間服用した結果、遅発性ジスキネジア、ひらたくいうと目蓋痙攣《けいれん》を患っているんじゃないかと。まばたきはその副作用なんだよ」

「さもなければ、ただ白昼夢を見ているのかもね」C‐2は言って、ふうっと煙を吐き出す。

†

C‐2はじめ陪審員たちが席につくと、裁判長は苛立たしげに槌を叩いて、傍聴席の最後部四列を占める報道陣や高齢の男女に静粛を促す。審理を邪魔する人間は即退場させますよ、と脅してから、裁判長は被告側に冒頭陳述をはじめるよう促した。

被告側弁護人は被告人の肩に優しく手を置いてから、陪審員席に歩み寄る。豊満な肢体をゆったりしたダーク・スーツに包んだ彼女もまた、ポスター・サイズの写真を手にしていて、陪審員に手渡す。それは、被告人が幼い弟ケイレブを抱いている写真だった。その写真の被告人は肩まで届く黒髪で、前髪が眉の下まで垂れている。どこか緊張した顔をしているが、でも、とC‐2は思う——わたしだって母親になったばかりの女性から赤子を押しつけられたりすれば、体がこわばってしまうし。C‐2自身は子供を産まない人生を選択している。

「アンカ・バトラーは、弟のケイレブをそれは愛していました」弁護人は口をひらく。

被告席のアンカは猛烈な勢いでまばたきをくり返している。

「火をつけたのはアンカではありません。火が放たれたとき、アンカは裏庭で一家の飼い犬に餌をやっていました。煙のにおいをかいだ瞬間、アンカは911に電話をし、〝なんだか煙のにおいがするんだけど〟と急報したのです」

検察官とはちがって、弁護人はアンカの言葉をかん高い裏声で再現したりしなかった。ごくふつうの人間の気がかりそうな口調で、彼女はくり返した――「〝なんだか煙のにおいがするんだけど〟。すぐ消防車がそっちに向かいますからね、という911の交換手の励ましの言葉を聞いたとき、アンカは子供部屋の窓に炎が映っているのを見たのです。ケイレブを助けようと、アンカは電話を放り出して家に飛び込みました。しかし、火はすでに燃え広がっていて、ものすごい熱気が家中に充満していました。いずれ検察官は、アンカの焦げた睫毛《まつげ》こそは彼女が放火した証拠だ、と述べ立てるでしょう。検察官が握っている物的証拠は、それしかないのです。でも、よろしいですか、みなさん、アンカの長髪は焦げていなかったし、前髪も焦げていなかったし、眉毛も焦げてはいなかった。そのことに、たぶん、検察側は触れないでしょう。睫毛は焦げたのに、眉毛や髪の毛は焦げなかった。その事実の重要性を理解してもらうために、いずれ専門家に燃焼の原理を説明してもらいます。アンカ・バトラーは、眉毛や頭髪まで焦げるほど、火には接近していなかった。自分で火を放つほど接近してはいなかったのです。もうケイレブを抱き上げることはできないと悟ったとき、アンカは消防車はまだだろうかと往来に飛び出しました。すると、姉のステファーナのボーイフレンド、ティム・ラッシュの乗りまわしている小型トラックが私道に駐まっていました。ドアがひらきっぱなしで、ラジオの音楽が鳴り響いていました。一分後に、ティム・ラッシュがバトラー邸から飛び出してきて、狂ったように咳《せ》き込みながらアンカに叫びました――〝いったい、おまえ、何をしたんだ?〟と。

駆けつけたヴォランティアの消防士たちは、ティムの通ったハイスクールの同窓生だったのですが、その消防士たちに向かってティム・ラッシュは言いました――おれは自分の車に備え付けの消火器を持って家に飛び込んだ。なんとかケイレブを救おうとしたんだけど、もう手遅れだった、ケイレブはすでに死んでいた、と。後に警察に対して彼は証言しました、火事が発生したとき、ケイレブと一緒にいたのはアンカだけだった、と。しかし警察は、ティムの両手に燃焼促進剤が付着していないかどうか、調べたのでしょうか? 彼が着ていた服を調べたのでしょうか? ティムは火事が起きた数秒後には現場にいたのです。ところが警察は、ティムの言葉を鵜《う》呑《の》みにしました。取り調べにあたった警察の面々もまた、ティムを小さいときから知っている地元の人間なのです」

そこまでのところ、C-2がメモ帳に記したのはたった一行だった。

焦げた睫毛

彼女の脳裡《のうり》には昨夜の、あの瞬間のイメージがくり返し浮かんでいた。自分の仕掛けた大胆なキス、彼のびっくりしたような態度、それにつづく丹念で官能的な反応。F-17のほうにちらっと視線を走らせてみる。彼もメモはとっていない。

「では、アンカが無実だとして、彼女はなぜ自供したのでしょう？」被告側弁護人がつづける。「いずれ聞いていただく専門家の証言は、〝従属・優越的障害〟と呼ばれる心理状態について触れるはずです。これは、双子のうちどちらか一人がもう一人を精神的に支配する状態を指します。これが男の双子の場合だと、往々にして肉体的な暴力がからんでくるのですが、女の双子の場合は心理的な暴力がからんできます。バトラー夫妻の手でルーマニアからアメリカに連れてこられたとき、アンカとステファーナは五歳の少女でした。最初のうちバトラー夫妻は、アンカが口をきかなくてもあまり気にしませんでした。アンカはステファーナほど英語を速くマスターできなくて、それでステファーナが代わりに何もかもしゃべるのだろうと夫妻は考えたのです。アンカがスムーズに英語をしゃべることができるように、バトラー夫妻はありとあらゆるスピーチ療法を試みました。けれども、それが何の成果ももたらさないとわかったとき、夫妻は最後の手段として精神医学療法に頼ったのです」

弁護人の言葉になんとか集中しようとして、C‐2はアンカがこの十年間に服用させられたという向精神薬の名称を次々にメモしてゆく——リチウム、テグレトール、ジバルプロエクス、ラミクタール、デパケン、エビリファイ、セロクエル、リスパダール、プロザック——裁判長からは、弁護人や検察官の陳述の微妙なニュアンスを見逃さないように、ただ強迫的にメモをとることはしないように、と注意されていたのだが。

F‐17は一段低い前列の、右へ二番目の椅子にすわっているため、彼のメモ帳はC‐2に丸見えだった。が、彼の鉛筆を握る手は止まったままで、メモ帳には依然何も記されていない。

「アンカはなぜ自分が犯してもいない罪を自供したのか？」弁護人は問いかける。そして、陪審員たちが頭を絞って答えを出すより先に、自ら答えてみせる。しきりとまばたきをくり返すティーンエイジャーが、自分の人生を破滅させかねない見えすいた嘘をついたのはなぜか。

「なぜなら、アンカの双子の姉、アンカを心理的に支配していたステファーナが、自白するよう命じたからです。消防士たちが火事を消し止めた数分後、午後六時十分すぎに、ステファーナは放課後のアルバイト先のファミレス、〈ポパイズ〉から帰宅しました。すぐにボーイフレンドのティムが、ケイレブが火事で死んだこと、出火当時、家にはアンカしかいなかったことを彼女に伝えます。そのときステファーナはわっと泣き出したでしょうか？　悲鳴をあげたでしょうか？　どうして火事が起きたのかと問いただしたでしょうか？　答えはノーです。ステファーナは裏庭に駈《か》けていって、妹を見つけます。

アンカはそのとき、愛する犬たちと一緒に大きな犬小屋に避難していて、一種のショック状態にありました。心理的に最も追いつめられた状態にありました。出火の原因はわからないながらも、きっと自分が何かまずいことをしたんだと思い込んでいました。それから二十二分間、ステファーナはアンカと二人きりになります。自分がいけなかったんだ、自分のせいだ、とアンカに信じ込ませるには十分な時間です」

C‐2はF‐17のメモ帳を見やる。彼の鉛筆を握る手が、とうとう動きだしている。その手は、

一服したいね

と記す。それはこの審理について言っているのだろうか？　それとも、自分に見られているのを承知していて、メッセージを送っているのだろうか？

すると彼は付け加える。


昼食前にどうかな？

†

二人は〈ニック・アンド・グラディス〉の外に出て、タバコを吸う。いまは彼も深く吸い込みはじめている。

「どうしてもきみのことを考えてしまうんだ」その声音からは、もうこちらの気を引くような、おどけた調子は消えている。深みのある、くぐもったその声は、自虐的な気味を帯びている。

「この裁判には若い女性の人生がかかっているというのに」

「わたしがいけなかったのよ」C‐2も心から後悔しているのだが、その罪悪感を顔に出すわけにはいかない。保安官代理が窓越しにこちらを見張っているからだ。

「いや、きみが悪いんじゃない」

「いずれにしろ、ここでブレーキをかけないと」

「同感だね」

二人のくわえたタバコの火は、フィルターにまで迫っている。保安官代理が椅子から腰を浮かし、こちらを見てガラス窓を叩いている。ニックとグラディスがもう料理を並べているのだ。中にもどったC‐2は、〝コーンロウズ〟と〝ケミカル・エンジニア〟に挟まれた席にすわる。F‐17は保安官代理の隣りにすわった。

自分がオーダーしたものをC‐2が思いだそうとしていると、〝コーンロウズ〟が二人の聞き逃したことを教えてくれる。「あのね、食事が終わっても裁判所にもどらなくていいんだって。予定されていた証人が、きょうはこられなくなっちゃったんだってさ。だから、みんなで映画を見にいくことになったの。どの映画にするか投票で決めることになったんだけど、あんたは『マジック・マイクXXL』がいい、それとも『ワイルド・スピード／スカイミッション』がいい？」

「モーテルの部屋にもどって、休憩しちゃいけないのかしら？」C‐2は保安官代理にたずねる。

「映画はパスしたいって人は、どれくらいいるかな？」保安官代理が陪審員たちを見まわす。

手を上げたのは、C‐2、F‐17、それに〝ケミカル・エンジニア〟だけだった。

モーテルにもどるヴァンの中で、F－17は真ん中の列、C－2の隣りの席にすわる。が、二人は言葉を交わさない。

自分の部屋にもどると、C－2はベッドに長々と横たわって、サスペンス小説をひらく。パラパラとページをめくり、冒頭の部分を何度もくり返し読むのだが、何も頭に入らない。ベッドから降りて窓際に歩み寄り、プールを見下ろす。F－17は泳いでいるだろうか。

泳いでいる。力強い背泳ぎ。タッチする前からプールのエンドゾーンの位置を心得ている者の、自信に満ちたストローク。競泳に慣れている者ならではの泳ぎだ。最後のクールダウンはゆったりとした平泳ぎだった。プールのいちばん深い端からせりあがって、全身から水を滴らせながらプールサイドに立つ。タオルで拭ったのは黒髪だけで、あとは陽光にさらして乾かしている。あの美しい足でサンダルをひっかけ、C－2の部屋に面したデッキチェアに歩み寄る。そこに寝そべりながら、窓際に立つC－2にちらっと視線を走らせる。

自分はさりげなく後ずさって――と、C－2は思う――彼の姿など目に入らなかったように振舞うほうがいいのだろうか？　でも、どうして？　どうせ自分はまた窓際に立って、彼がまだこっちを見上げているか確かめようとするにきまっている。

C－2はまっすぐF－17のほうを見て、彼が視線をそらすのを待つ。が、彼は視線をそらさない。

そのときヴァンがクラクションを鳴らして、映画組の連中に出発を知らせる。二人の保安官代理、あの〝元軍人〟タイプと〝ミス農協〟タイプが言い合っている――どっちが映画組に同行し、どっちがモーテルに残ってパーティ破りの連中を見張るか。結局、〝ミス農協〟が嬉しそうにヴァンに乗り込んで、映画組が出発する。

たとえ窓ガラスと十五メートルほどの距離に隔てられていても、二人のあいだでは自然と密会のプランができてしまう。それはあっけないくらいに簡単だった。

周囲の状況は、高い位置にいるC‐2のほうが見きわめやすい。〝元軍人〟タイプがこっちを見ていないと見定めがついたら、合図を送ることになる。カーテンを閉めるのが合図だった。

F‐17を待ちながら、もう服を脱いでベッドにもぐりこんでいようかとC‐2は思う。市民としての、陪審員としての義務がどうとか、いまさらそんな話はする気になれない。いっそ二人が一線を越えてしまったほうが裁判のためにもいいのではないか、という気にC‐2はなりかけている。そうなのだ、そうなってしまったほうが中途半端な気持にケリがついて、二人ともその後、裁判に集中できるだろうから。

だが、ベッドで裸で待っていたら、自分のほうが積極的に誘ったことになりはしないだろうか。

C‐2はシャワーを浴びることにする。そこへ入ってくるかこないかは、彼が決めることだ。部屋のドアが閉まる音がし、浴室のドアがひらく。そしてとうとうシャワー・ルームのドアがひらいて、全裸の彼が入ってくる。うなじに押しつけられる柔らかな唇。C－2は、シャワー栓の下で、グラスファイバーの壁を向いて立っている。F－17が肩をつかんで、彼のほうを向かせる。すでに股間のものが勃《た》っている。この人、浴槽の中で、立ったまま交わるつもりだろうか？　そんなこと、できるのだろうか？　たとえすべり止めのマットがあっても、グラスファイバーの床はすべりやすいのだ。が、彼のキスが長引くにつれ、そんなことはどうでもよくなる。彼はシャワーの水を止め、C－2の両脚から乳房へと、タオルで拭ってゆく。その間も、股間のものは勃ちつづけている。そんな雄々しさを見せつけられると、立ったまま交わるかどうかはもう二の次に思えてくる。彼はC－2の手をとって、ベッドに引っ張ってゆく。あらかじめライトを消し、遮光カーテンを閉めておいてよかったと思う。彼が選んだのは、C－2がダイニング・テーブル代わりに使っているツィン・ベッドのほうだった。それが余計にC－2の興奮を昂《たか》めた。

これまでは、欲望を満たすためというより、男を引きつける魅力がまだどのくらい自分に残っているか知りたくて、C－2は浮気をしてきた。一晩限りの、二晩限りの、あるいは三晩限りの情事。相手は仕事関係の若者や同僚が多かったが、正直なところ、そういう連中よりはやはり夫とするセックスのほうがずっと体に馴染《なじ》んだ。けれども最近は、仕事で家をあけることはめっきり減っている。最近は、湖畔の家に夫と二人でこもりがちで、刺激といっては、ベッドの中で、夫の腰についた引っかき傷は新しいものかどうか話し合ったりする程度だった。

いま、忘我の悦びの中で、C－2は夫と交わる際の用心深さをかなぐり捨ててしまう。衝動のおもむくままにF‐17を噛み、腰をのけぞらせ、無我夢中でしがみつく。彼の腰を引っかいてしまわないかと気にかける必要もない。

†

二階の各部屋に通じる外廊下で人の気配がする。映画組がもどってきたらしい。二人はまだ繋《つな》がっていたが、行為そのものはもう終わっている。

二人とも無言でそれぞれの衣服に手をのばす。C‐2が遮光カーテンの隙間から外をうかがっているあいだに、F‐17は濡れた水着を身につける。

「あいつの弟は昏睡《こんすい》状態だったんだよな」廊下を歩く〝補欠男〟の熱心な声が響く。「だからあいつは、あの男の家族を殺したんだよ」

「あの俳優の頭って、首が太いわりには小さすぎるよ。なんだか、不自然よね」と、〝コーンロウズ〟の声。「なんで『ピープル』って雑誌は、あの俳優が最もセクシーな男だなんて言うんだろ?」

その後一分ほどのあいだ、足音も人声も聞こえない。ブラウスのボタンをかけ終わったC‐2は、新鮮な空気を吸いたくなったという思い入れで、外の通路に出る。F‐17は、もう安全、という合図を待つ。一度鋭くドアを叩くのが合図だった。

「あんた、何してたの?」〝コーンロウズ〟の声がかかる。夕闇に包まれて、一メートルと離れていないところに立っていた。「映画、パスして正解だったよ。頭のちっちゃい男優とカーチェイスばっかり見せられて、面白くもなんともなかったもの」

C‐2はどう答えていいかわからない。

「あんた、聞いてないと思うけどね、夕食後にスカイプで家族と話していいんだってさ」〝コーンロウズ〟はつづける。「だから、みんなで話して、中華料理のテイクアウトにしてもらうことになったからね」

〝コーンロウズ〟が自分の部屋に消えるのを見届けて、C‐2はF‐17に合図しようと振り返る。が、彼はもう自分の部屋に入ってドアを閉めたところだった。

†

C‐2の番になってスカイプの画面に向かうと、見知らぬ老人の顔がスクリーンいっぱいに映る。渋面がくずれて笑みが浮かんだとき、初めて相手が夫だとわかった。

すこし離れたところで保安官代理が耳をそばだてている。C‐2が裁判の話題を持ちださないように、警戒しているのだ。

「会いたくてたまらんよ」この会話がモニターされているのにも気づかずに、夫は言う。

「わたしもよ」C‐2は答える。それは、嘘ではなかった。スクリーンをじっと見つめていると、夫の顔が見慣れたものに変わってくる。

「うまくいってるか？　何か必要なものはないのか？」

「水着がほしいんだけど」

「モーテルはどんな感じなんだ？」

「ベッドのシーツがごわごわなの」

「そうか。じゃあ、〈ビヨンド〉って店でいいシーツを買っといてやろう。土曜日に持ってってやるよ。二人で寝心地を試せるかもしれないしな。夫婦面会は申し込んであるんだろう？」

スクリーンの隅に映っている自分の表情が、C‐2の目に入る。その目はアンカのようにせわしなくまばたきしている——左の目蓋のほうが力が入らなくて、ワン・テンポ遅れていたが。

Ｃ－２は部屋にもどって、紙と鉛筆を探す。が、〈エコノ・ロッジ〉は客室に筆記用具を置かない方針らしい。仕方なく裁判用のメモ帳から一ページ切り裂くと、ごく簡潔にメッセージを記す。自分の名前も書かない。これをＦ－17の部屋のドアの下にすべらせておくつもりだが、万が一それが彼の目に留まらず、明日の朝、〝コーンロウズ〟のボーイフレンドのお姉さんが部屋の清掃の折りに見つけたとしても、特に問題にはならないはずだ。

これでおしまいに

その紙をＦ－17の部屋のドアの下にすべらせた瞬間から、Ｃ－２は彼の反応を待ちかまえる――メッセージは問いかけではなく、意思の表明だったのだが。

夫から奨められたスリラー・サスペンスのページをひらく。三十年ほど前、夫と付き合いはじめて間もないころ、同じメモを夫の部屋のドアの下にすべらせていたら、夫はそれを誘いの文句と受け止めていただろう。

翌朝Ｃ－２は、Ｆ－17とタバコを吸いたいという誘惑に駆られないように、朝食を抜く。裁判所に向かうヴァンの中で、彼女は〝スクールティーチャー〟と会話を交わす。〝スクールティーチャー〟は昨夜、入院中の瀕死《ひんし》の叔父とスカイプで話したのだという。余命いくばくもない男性との哀切な話に神経を集中するには、反発し合う二つの磁石を強引に接着させるくらいの意志力を必要とした。F‐17は〝スクールティーチャー〟の向こう側にすわっている。顔ににきびの跡のあるこの物静かな男。本当の拒否と誘いかけの区別がつかないらしいこの男が、どうしてこれほど執拗《しつよう》に自分の想念に割り込んでくるのか、C‐2にはわからない。

陪審員室に入ってもC‐2はF‐17を避けつづけて、〝チャーチ・レディ〟や〝補欠男〟と並んでソファにすわる。〝チャーチ・レディ〟のおしゃべりは、遠くから響く小鳥のさえずりのように聞こえる。

法廷に入ってF‐17の二列後ろにすわったとき、C‐2のおなかがぐうっと鳴る。最初の重要な証言が行われる朝だというのに何も食べてこなかったのはまずかったな、とC‐2は思う。こういうことになるから、火遊びはもう止めたほうがいいのだ。

証言台には、検察側が擁する唯一の目撃者で、なおかつステファーナのボーイフレンドでもあるティム・ラッシュが立つ。髪はクルー・カット、筋肉質で背はあまり高くない。生皮を噛んでいるかのように顎をぐっと引き締めている。

冒頭の尋問は、ごく当たりさわりのないものだった。それを通して、ティムがシングル・マザーである母親と共にマリオン郡のオカラで育ち、フォレスト・ハイスクールに通ったことがまず明らかになる。尋問の最中、ティムは検察官を〝サー〟づけで呼び、裁判長を〝マーム〟づけで呼ぶ。少年時代の自分が問題児であったことを認め、それでも自分が立ち直ることができたのは、ステファーナと、イエスへの信仰と、バトラー夫妻のおかげだと言う。ステファーナと知り合ったのは、彼が修理工として働いていた車の整備工場にバトラー氏が愛車のメルセデスを持ち込んできたのがきっかけだった。ステファーナとの関係は〝真剣な〟ものだと言い、検察官が〝親密な男女関係〟という表現の意味するところを知っているかと訊くと、知っている、と答える。

C－2はメモ帳をひらいて、書きつける。

頼った順、まずステファーナ、次いでイエス

F－17のメモ帳を見下ろすと、すでにページが書き込みで埋まっている。

検察官がティムに言う――じゃあ、問題の火事が発生した午後に何が起きたのか、きみ自身の言葉で陪審員の方々に説明してくれるかい？

「おれはいつもより十五分ほど早く仕事を切り上げたんです、ステファーナと映画を見にいくために。その日はステファーナの家で落ち合うことになっていました」

もう何度も同じ供述をくり返したせいだろう、彼は早口で、その口調も丸暗記しているかのように淀《よど》みがない。

C－2はメモ帳に書き記す。

話し方はヒーローというより競売人のそれか

「バトラー家の私道に車を乗り入れたのは、五時ごろでした。そこでステファーナが〈ポパイズ〉のバイトからもどってくるのを待っていたら、どこからともなくアンカが何か叫びながら走ってきて、おれの車の窓ガラスを叩いたんですよ。〝火事！〟と、アンカは叫びました。〝ケイレブはどこだ？〟とおれは訊き返しました。でも、アンカは半狂乱になって叫ぶだけで、そのとき、子供部屋の窓に赤い炎が見えました。おれはすぐ消火器をつかんで、ケイレブを救いにいったんです。子供部屋のドアは、何かにつっかえてるかどうかしてたんで、足で蹴りあけて中に飛び込みました」

一本調子なティムの陳述をさえぎって、検察官が父親のような口調で訊く。「で、子供部屋に飛び込んだとき、きみには何が見えたんだね、ティム？」

「赤ん坊が火に包まれてました。おれは消火器をケイレブに向けて、あの白い泡を噴射しました。あれを飲んだりしたら毒だろうとは思ったけど、あの場合、そうするしかないですよね？」

「ケイレブがもう死んでるとわかってから、きみはどれくらい子供部屋にいたんだい？」

「数秒ほどです」

「そのとき、アンカはどこに？」

「外でおれを待ってました。ケイレブは死んじゃったぞ、とおれは言いました。でも、アンカには聞こえないようだったんで、もう一度言いました」

「弟が死んだと知ったときのアンカの反応は？」

「可愛がっている犬が無事かどうか確かめに、走っていきましたよ」

F‐17はメモ帳の前のページ、〝一服したいね。昼食前にどうかな？〟と記されたページをひらいている。

†

〈ニック・アンド・グラディス〉で、グラディスが陪審員たちの注文をとり終わったところでF‐17がC‐2に訊く。「タバコ、吸いにいかない？」

「わたし、禁煙しようと思ってるの」C‐2は答える。「だったらさ、ニコチン・パッチを試してみると、〝コーンロウズ〟が割り込んでくる。「あら」袖をめくりあげて、筋張った上腕に貼ってある禁煙用のニコチン・パッチを見せる。「あたしも禁煙しようと思ってるんだ」

すがりつくような視線をC‐2に向けたまま、F‐17はいったん上げかけた腰を下ろす。「じゃあ、ぼくも禁煙しようかな」

裁判所にもどる二分間のドライヴのあいだ、F‐17はC‐2の隣りに腰かける。やっぱり彼に話しかけたい。その気持をなんとか抑えていると、C‐2は耳が痛くなってくる。

陪審員席にもどったC‐2は、メモ帳をひらいて、鉛筆の先に神経を集中しようと努める。

が、つい指先に力が入りすぎて、鉛筆の芯が折れてしまう。それは、検察側の尋問ほど生ぬるくはなかった。

ティムに対する被告側の反対尋問がはじまった。


「あなたはどうして消火器を常時自分の車にのせておくの、ラッシュさん？」

「おれは以前ヴォランティアの消防士をやってたもんで」ティムは答える。が、その過去の経歴は誇っていいものなのか、それとも、それは自分の足を引っ張りかねないマイナス要因なのか、判断がつかない様子で口調が弱々しい。彼はだれかに助けを求めるように周囲を見まわす。

ステファーナが頼りなのか、それともイエスが頼りなのか。

「ヴォランティアの消防士を辞めたのはいつ？」

「一年前です」

「辞めた理由は？」

「コミュニティ・カレッジに通え、とステファーナに勧められたもんで」

「現場に駆けつけた消防士たちの中に、知り合いはいました？」

「ええ」

「その消防士たちとは、友人同士と呼べる仲なの？」

「一緒にいろんなことをやってるけど、友だちと呼ぶほどじゃないです」

「いろんなこととは？」

「野球なんか」

「その連中とは、同じチームでプレイした仲なのね？」

「ええ」

「車に備えた消火器は、いつ購入しました？」

「さあ、覚えてません」

「あなたのクレジット・カードの記録で見ると、火事の三週間前に購入しているわね」

「記録にそうあるなら、そうなんでしょう」

「火事の四週間前に、あなたは自分の整備工場をオープンするための資金を融通してくれとバトラー氏に頼んで、断られたわね？」

「ええ」

「バトラー氏はその後、あなたの依頼に応じてくれた？」

「ええ」

「それはいつだった、ラッシュさん？」

「三か月前だったかな」

「問題の火事の後ね？」

「ええ」

鉛筆の芯を折ったりしなきゃよかった、とC－2は思う。そうすれば、弁護人が暗示したことを書き留めることができたのだ。弁護人はこう匂わせたのだと思う——ティムは火事を起こし、大事に至る前にケイレブを救い出すつもりだった。そうしてバトラー氏に恩を売って整備工場開設資金を融通してもらうのが狙いだった……。

被告側弁護人は残りの時間を、もっぱら自分の論旨を補強するような事実を確認することに費やした――一つ、ティムはバトラー氏が子供部屋の壁を塗装する手伝いをしたことがあったため、燃焼促進剤の保管場所を知っていた。一つ、彼はスモーカーなので、常時マッチを携帯していた――。

そういう論点が明らかにされたのに、C‐2は鉛筆を使えないためメモすることができない。それもこれも、自分の情緒不安定のせいで鉛筆の芯を折ってしまったためだ。やっぱり、火遊びにはもう終止符を打ったほうがいい。

検察官の反対尋問は簡潔だった。「火事が起きた夕刻、きみが私道に車を乗り入れた際、きみは炎上する家からアンカが飛び出してくるのを見たんだね、ティム?」

「はい」と、ティムは答える。

†

モーテルにもどるヴァンの中で、保安官代理が告げる。「今夜の食事は〈レッドロブスター〉でとることになっている。テイクアウトを希望する者は、手を上げてくれ」

C‐2は、F‐17がどうするか見守る。彼がどっちを選ぼうと、自分はその反対を選ぶつもりだった。

彼はためらいがちに手を上げる。こちらに向けた目が、きみもそうしてくれと懇願している。C‐2が手を上げずにいると、なぜなんだ、と問いただすようにこちらを凝視しつづける。きっかり六時半に、C‐2は他の陪審員たちと一緒に〈レッドロブスター〉に向かう。さだめしだらだらとつづくディナーが待っているだろう。

†

まだ九時にもならないのに、睡眠薬アンビエンの結晶は時間と空間の感覚を消し去って、C‐2は早くも意識の朦朧《もうろう》とした状態に入っている。それからどれだけ眠ったかわからない。ドアがひらいて閉まった音で目が覚めた。遮光カーテンのもたらす漆黒の闇の中で、彼の息遣いだけが位置を知らせる。姿が見えないながらも、物言わぬ動作が思いを伝えてくる。癒しがたい傷心と、それを告げずにいられない意気込みをC‐2は感じとる。

「これでおしまいに、と書いてあったね?」F‐17が言う。「あれ、本心かい?」

夫であれば、答えようのない、そんな陳腐な問いを投げることは決してなかっただろう。

彼は戸口に立って、こちらの答えを待っている。「ぼくらのこのこと、どう呼べばいいのかわからないけど、でも、きみだって、終わりにはしたくないはずだ」

C‐2は衝動的に床に立ち、彼を見つけてキスする。近くの部屋には〝コーンロウズ〟が、真下の部屋には〝チャーチ・レディ〟がいる。二人は声を押し殺して交わる。それがかえって興奮と悦びを昂める。

彼が去った後で、C－2は明かりをつける。アンビエンの効果で、いま起きたことも記憶に残らない可能性もある。それに備えてメモをとっておいたほうがいい。

目につく紙といえば、裁判用のメモ帳しかない。ごく私的な記述で裁判所の備品を汚していいものかどうか、戸惑う。ここは新訳『ボヴァリー夫人』中の一文で代用したほうがいいかもしれない。


わたしには恋人ができた！

陪審員席の前にモニター・スクリーンが設置される。そこにセットされたのは、アンカが自供した模様を撮影した、時刻入りのビデオだった。その映写が必要な理由を検察官は一時間にわたって縷々《るる》訴えたあげく、ようやく許可されたのである。ビデオが撮影された日付は、火事の二週間後となっている。

このビデオには一人の若い女性の人生がかかっているのだから、とC‐2は自分に言い聞かせる。自分の良心のすべてをかけて集中しよう。

スクリーンに映像が映し出される。アンカが尋問室に一人ですわっていて、黒い前髪が額の半ばまで垂れている。彼女なりに緊張しているのかもしれないが、それは体の仕草には表れていない——体をもじもじと動かしてもいないし、検察官の冒頭陳述のときとちがって、髪をつまんだりもしていない。まばたきをする回数さえ、正常な枠内にあるように見える。

尋問室のドアがひらく。アンカはそっちのほうを向くのだが、その動作はC‐2がすでに気づいていたようにごく緩慢だ。やけに腕の長い太っちょの刑事が、弾むような足どりで小さな部屋に入ってくる。アンカの向かい側に腰を下ろすと、彼はテーブルに両手をつき、ぐっと前にのしかかるようにして話しかける。

「なあ、アンカ。わかってるんだよ、あれが放火だったことは」

その後、刑事の姿が画面から消える。彼はカメラの背後にすわるか立つかしたらしい。他の陪審員たちは尋問室におけるカメラの位置など意に介さないかもしれないが、C－2は気になる。

仮にカメラがアンカの背後にあり、刑事の威嚇的な言動が洩れなくとらえられていたら、アンカのためらいがちの自供は強制されたものという視点も生まれるだろう。

〝刑事の視点〟とメモ帳に書きかけて、C－2は、昨夜自分で書いた記憶のない書き込みに目が留まる。

わたしには恋人ができた！

彼女が集中力をとりもどしたとき、スクリーンのアンカはすでに自供し終えている。

†

〈ニック・アンド・グラディス〉での昼食に先立って、F－17は、ちょっと外でタバコを吸ってくる、と保安官代理に告げる。

〝コーンロウズ〟がハンドバッグをひらいて、ニコチン・パッチを勧める。

「ありがとう。でも、いまはやめとくよ」F－17は断る。「禁煙するのはこの裁判が終わってからにしようと思っているので」

C‐2が椅子から立ち上がる。「わたしも吸ってこよう」

〝コーンロウズ〟は彼女にもニコチン・パッチを勧める。

「わたし、あなたほど意志が強くないから」C‐2は言う。

外に出ると、彼がそっと訊いてくる。「今夜、いってもいいかな？」

そんなこと、訊かなければいいのに、とC‐2は思う。

「このままだと、法廷での審理に集中できないんだよ」F‐17は告白する。「これからもきみに会えるってことがはっきりすれば、審理に集中できると思うんだ。それはきみも同じなんじゃないか」

予備尋問の際、あれだけ怜悧《れいり》な問いを発した論理的な頭脳が、いまは混乱しているらしい。

店内にもどると、ニックが最初の料理を運んでくる。あっ、とC‐2は思う。わたしたち、みんなから窓越しに見られていたんだ。彼女はタバコの火をもみ消す。グラディスがビーンとコラードとライスをのせた皿を運んできて、C‐2もみんなと一緒に食べはじめる。

「あんたさ、どうしてメインコースを食べないの？」〝コーンロウズ〟が訊いてくる。

「わたしはヴェジタリアンだから」C‐2は答える。

「ヴェジタリアンで通すと、体重も減りますか？」〝チャーチ・レディ〟が問いかける。

「さあ。わたしは五歳のときから、肉を食べていないので」C‐2は答える。

「ご両親がそれをお許しになったの？」

「あたしなんか、子供のときから野菜は大嫌いだったけどね」〝ゴーンロウズ〟が言う。「じゃ、どんなものを食べてたの、あんた？」

「そうね、フレンチ・フライとか」

ヴァンの中で、F－17がC－2の背後にすわる。うなじにかかる彼の吐息までC－2には感じられる。

†

C－2をはじめ陪審員たちが法廷にもどると、正面にはまだモニター・スクリーンがセットされたままになっている。

ヴォランティアの消防士が説明に立つ。「これから見ていただく映像は、自分が撮影しました。実はそのとき撮っていたのは、消防士の訓練用の動画だったんです。すると、思いがけなく警報が鳴りまして。まさか自分が犯罪の現場を撮影することになろうとは、思いもしませんでした」

いかにもアマチュアが撮影したらしい露出オーヴァーの映像。それでも視聴に支障ないように、場内の照明がしだいに暗くなる。

斧《おの》を肩にかついだ六人の消防士が、スパニッシュ・スタイルの邸宅の庭を駆けまわっている。もくもくと立ちのぼる煙の発生源をさがしているらしい。と、カメラが急に横に振られ、邸内にアーモンド形に立ちのぼった炎を窓越しにとらえる。あれが子供部屋の窓だろうか？　カメラがまた振られて、消防ホースのノズルを消火栓にとりつけている二人の男をとらえる。三人目の男が、ホースを消防車から引き出している。どうしてこんな映像を見せられるのだろう？　疑問が湧いてすぐＣ‐２は、なるほど、と思う。画面にはあのステファーナのボーイフレンド、ティムが登場したのだ──彼がこの動画のスターと言ってもいいのかもしれない。消防服とヘルメットを身につけていないのは彼だけだった。炎上する邸内に最初に飛び込んでいったのは、普段着でヘルメットもかぶっていないティムだったのだ。

Ｃ‐２はちらっとＦ‐17のほうに視線を走らせる。彼の荒れた肌も、この薄暗がりではあまり目立たない。スクリーンを注視している目が素晴らしく知的で思慮深そうに見える。

場内がまた明るくなったとき、Ｃ‐２はひやっとする。自分の目がＦ‐17に釘づけになっていたのを他の陪審員に見られたかもしれない。が、他の陪審員たちの目は、こっくりと舟をこいでいる〝チャーチ・レディ〟に集まっている。映像が退屈すぎたのか、彼女は居眠りをしているのだ。

残りの午後の時間の主役は放火犯罪の専門家だった。彼はまず燃焼の原理の説明からはじめる。Ｃ‐２は卵をのせたスプーンを手に競走するときのように注意深く耳を傾ける。それでも、ハイスクール時代の化学の授業と同じで、専門家の言っていることがほとんど頭に入らない。化学の授業では、夏休みに補習を受けたあげく、先生のお情けでどうにか合格点をもらえたのだったが。

C‐2はメモ帳に書き記す。

固形物質の熱分解
発熱反応
気化反応式

個々の専門用語を正しく書こうとして、頭の中でその綴《つづ》りを発音していると、肝心の意味を忘れてしまう。まさしくハイスクールの頃と同様に。
もっと誘惑的な想念が出番をうかがっているとき、難解な用語に注意を払おうとしても、どうにもならない。昨夜のことでC‐2の記憶に唯一残っているのは、声を押し殺したセックスの素晴らしさだった。放火犯罪の専門家が、出火時のバックドラフト現象を〝空気のない真空状態〟が生じた結果として説明する。それを聞くとC‐2は、昨夜、息絶え絶えになった自分を思いだしてしまう。放火犯罪の専門家は、燃えさかる部屋から、その前段階の火のくすぶった部屋、さらには最初に出火した部屋へと、時間をさかのぼって陪審員たちを誘導してゆく。が、C‐2の意識はともすればあのモーテルの部屋へもどってしまう。F‐17が忍んできたのは、夜明けの寸前だった。どうやって彼女の部屋に忍び込もうかと、一晩中考えに考えていたのだろう。それとも、ふっと目が覚めて、自分でも驚くような行動に出たのだろうか――彼女自身も驚かされたように。

証言は三時間つづいたが、結局C－２の記憶に残ったのは、犯人が火をつけるために用いたのは使い捨ておむつだったのか、紙くずだったのか、科学的実験で確定することは不可能だ、という一事だった。

金曜の夜、レストラン〈TGIフライデーズ〉での夕食。この夜は自腹を切るならアルコールも許可される。明日は家族の訪問日なので、陪審員たちも華やいだ気分に包まれている。

C-2はマティーニを注文する。夫との再会はすごく嬉しい。でも、夫が毎朝ピルボックスに薬を詰めるのを手伝ったり、夫が床に落とした薬を探してキッチンの床を這いずりまわったりするのは、嬉しくない。正直なところ、夫がやってくるのを彼女は恐れている。

食事が終わる。二人は保安官代理の目を意識しながらレストラン入口の近くに立ってタバコを吸う。F-17が言う。「はっきり言ってくれないんだね。今夜、いってもいい？」

「夫が訪ねてくるのよ、明日は」C-2は答える。

「そのときまでには部屋にもどっているよ」

夫がある身なの、わたしは、と言うこともできた。が、こういう駆け引きに夫を利用して平然としていられるほどC-2も鉄面皮ではない。

「わたしのほうからいくから」と、彼女は言う。

ベッドに横たわって愛人の訪れを待つ——あなた任せの受け身の行為と言えるだろう。だが、夜半すぎに部屋を抜け出し、彼の部屋のドアをあけるのは、まぎれもなく主体的な行為だ——そう、絨毯《じゅうたん》の上を手さぐりで進んで、彼のベッドに忍び込むのは。

彼のものはもう勃っていた。

そのために自分はここにきたのだろうか？　そう、自分はまだこれほどに強烈な欲望の対象になれるのだということを実感し、自分の性的な魅力を再確認するために？

八十代の男性のものが勃つのは、欲望の顕示というより、生命の輝きと近代医学の成果を寿《ことほ》ぐ意味合いが強い。

交わりが終わった後で、C - 2は、彼がおしゃべりをしたがっているのを感じる。それは恋人たちがセックスの後で分かち合う楽しみだ。

「結婚してから旦那以外の男と寝るのって、初めてかい？」F - 17が訊いてくる。その口調に、おどけたような気味はない。自分が最初の浮気の相手なのかどうか、彼は本気で知りたがっているのだ。今夜の愛撫の仕方から感じていたとおり、彼の中にはこちらを慈しむ気持が湧きつつあるらしい。だが、それがほしくてC - 2は彼と会っているのではない。

これから自分が口にする言葉が与えるショックをあらかじめ和らげるつもりで、C - 2は彼の顔を優しく撫でる。「わたしの結婚生活のことは、話したくないの。あなたの恋人のことも知りたくないし」

「いまは恋人なんかいないさ」F - 17は答える。が、その口調にはまた軽くいなすような気味がもどっている。

わかってくれたんだ、この人は。自分がこの情事に求めるものを、わかってくれたんだ。

C - 2は話題を変える。「ねえ、人間の体を切り刻む仕事を職業にしようと思ったのは、いくつぐらいのときだったの？」

「ぼくは連続殺人犯じゃないぜ。れっきとした解剖医でしてね」

「子供の頃、人体模型なんかで遊んでた？」

「人体模型というと？」

「ほら、全体が透明で、内臓が見えるようになっているやつ」

「子供の頃になりたかったのは、医者じゃないんだよ。実は音楽家になりたかったんだ」

「扱う楽器は？」

「自分の声さ」

「じゃ、教会の聖歌隊なんかに入っていたの？」

「ぼくの両親は二人とも精神科医でね。宗教ってやつは精神疾患の一つに数えられるべきだって、二人とも信じていたよ」

「そう。じゃ、あなた、声は相当よかったのね？」

「まあね」

「それなのに、どうして気が変わったの？」

「舞台恐怖症ってやつかな。それと、その頃から顔のにきびを気にしていたし。それから、あのロック・バンド、〝トーキング・ヘッズ〟。ぼくは十五のとき、あのバンドのステージを見たんだよ」

C‐2は三十のとき、あのバンドの舞台を見ている。彼のあげたのが自分の知っているバンドだったのが嬉しかった。自分の知らないバンドだったら、たぶん、知ったかぶりをしなくてはならなかっただろう。

「そのコンサートが中頃にさしかかったとき」F-17はつづける。「メンバーの一人のバーンがね、〝same as it ever was（あの頃と同じ）〟ってリフレインの文句を歌うたびに、自分の頭をコンコンと叩きはじめたんだな。すると、どうなったか。頭を叩くと、声にヴィブラートが生じるんだね。で、それがあたかも彼の最後の言葉のような効果を生むのさ。まいったな、と思ったよ。自分がどんなに練習をつもうと、どんなに訓練しようと、あんなに独創的な、クリエイティヴな歌い方はできないと思い知ったのさ」

そこでF-17はささやくような声で歌った。「Same as it ever was, same as it ever was（あの頃と同じ、あの頃のよう）」そして三度目にくり返すとき、額を軽く手で叩いた。

暗がりの中でその仕草は見えなかったものの、声の響きが微妙に変わったのは聞きとれた。明瞭な声に、ある種陶酔するような響きが加味されて、リフレインに深みが生まれたような幻覚にいざなわれる。

「素晴らしいわ」

「いまは暗くて、きみに見られてないから歌えるんだ」

十五歳の頃の彼を想像してみる。未来を夢見ながらもにきびに悩む多感なシンガー。垂れ下がる目蓋に悩んだ自分と、吹き出物に悩んだ少年。悩みの程度こそちがえ、少年がどんなに苦しんだかは想像できる。C-2はまた彼の顔にさわって、点字を読むようににきびの跡が目立つ顔の肌理《きめ》を読む。彼の真っ正直さ、残された傷、それと、若くして自分の限界を悟ったいさぎよさが、彼に心をひらくまいと思い定めた気持にひびを入れる。〝ティーカップのひび割れが黄泉《よみ》の国への扉をひらく〟と綴ったのは詩人のオーデンだった。

†

土曜日の朝、〈エコノ・ロッジ〉の駐車場にプリウスがすべり込んでくる。ショッピング・バッグを手に、夫が外に降り立った。

額に手をかざして、昇りかけた日差しを避けながら駐車場を見まわす。C‐2がそこで彼を出迎える手はずだったのだ。が、彼女はいま自室の遮光カーテンの陰に隠れて、白髪を風になびかせた老人の姿が自分の夫に見えてくるのを待つ。

部屋を出たC‐2は、二階の通路から夫に呼びかける。

「あなた!」

その声はすぐ横を走る高速道路の騒音にかき消されて、夫の耳には届かないらしい。ひらきかけのプリウスのドアが、陽光を反射してぎらりと光っている。きょろきょろ周囲を見まわしていた夫が、駐車場を横切って近づいてきたC‐2にようやく気づく。

「モーテルを間違えたかと思ったよ」夫は言ってC‐2を抱きしめる。

保安官代理のところで登録をすませるように、彼女は夫をフロントまでつれてゆく。

「自分の女房を訪ねるにも身分証明書を提示しなきゃならんのかい？」書類にサインしながら夫が言う。

そして、氷の自販機の前を通りながら、「よくもまあ、こんな見すぼらしいモーテルを選んだもんだ」

部屋の前にきて彼はささやく。「さすがに淋しかったぞ」

Ｃ‐２が鍵を使わずにドアをあけると、

「なんだ、ドアに鍵がかからんのか」

Ｃ‐２は遮光カーテンをひらこうとする。

「いや、そのままのほうがいいじゃないか」

二人はツィン・ベッドに向かい合ってすわる。読書ランプがついたままだった。夫の肘のあたりに大きな擦り傷がついているのにＣ‐２は気づく。

「あら、また転んだの？」

夫はいま初めて気づいたように傷を見る。「夜中にどこかにぶつけたんだな、きっと。どうだい、セクシーに見えるか？」わざと傷を彼女の前に突きつける。

「痛むんじゃない？」Ｃ‐２はそっと傷に触れる。

「前の晩飲んでもいないのに、翌朝二日酔いのような気分で目が覚めると、歳だなあと思うもんさ。さあ、いろいろとお土産をもってきたから」

サンダル靴をはいたままの足でショッピング・バッグを近くに寄せて、夫は最初のプレゼントを引っ張り出す。目のつんだ白いエジプト綿の寝具だった。それから、残りのお土産を次々にとりだしてみせる。一週間分のチョコレート、登山用の栄養食、プロテイン・バー、C－2の水着、防水仕様のアイポッド、耳栓、そして水中を歩くとき胴に巻きつけて浮力を向上させるフロートベルト。

こまごまとしたお土産の数々を見ていると、C－2は何もかも告白してしまいたい衝動に駆られる。もし告白するとしたら、カメラの位置はどこだろう？ 自分の背後にセットして、夫の顔だけを映すか？ それとも、夫の背後にセットして自分の顔を映すか？

C－2がテーブル代わりに使っているベッドではなく、彼女が毎晩寝ているベッドを二人で整える。

それぞれ服を脱いで、寝具の下にもぐり込む。だが、キスはせずに、あれこれ語り合う。会話はいつも二人の効果的な前戯だった。回顧録のほうはうまくいってるの、とC－2は訊く。

「バーミヤンを取材したときのこと、覚えているか？ おまえは、タリバンが石仏を爆破した断崖を撮影しにいっただろう」

「当座の仕事がないもんだから、仏像の手入れをしている人たちを撮りにいったのよね、あのとき」

「で、おれのほうは土壁の牢獄を見にいったんだ。看守の目をかすめたところまではよかったんだが、自分の現在位置がどこだかわからなくなってしまって。偶然にも、ちっちゃな覗き穴があいている独房の前に出た。穴を覗いてみたらば、十三くらいの少女が丸くなって横たわっていた。独房の中には粗末な寝台と毛布しかなく、少女はぼんやりと宙を見つめていた。そこには流しも便器もない。少女が気をまぎらわせられるようなものは何一つない。で、おれは通訳と看守を探し出して、少女はいったいどんな罪を犯したんだ、とたずねたのさ。看守の説明を聞いてわかったんだが、少女はボーイフレンドと逃げ出したところを父親に見つかり、その牢獄につれてこられたらしいんだな。何回つかまえても逃げ出すんで、父親は処置に困って牢獄に押し込めてもらったらしい。それにしても、あの独房には水もなく、話し相手もいない。なぜなんだ、とおれは看守に訊いた。あまりにも残酷な仕打ちじゃないか、とね。すると看守は、たしかにあの子は可哀そうだと思うが、女の看守がいないんでどうしようもない、と言うのさ。いずれ女の警察官がやってくるまでは、ああしてたった一人押し込めておく以外ないんだ、と。せめて女の看守がいれば、面倒をみてやれるんだが、とね」

「そこの部分、いま話してくれたとおりに書くといいんじゃない」C－2は言う。

訪問時間はあと一時間しか残っていない。交わる時間だった。いつもの習慣で、二人は代わる代わるトイレにゆく。

キスをして愛撫し合うのだが、夫のものは勃たない。「なんだか時間に追われているようでな」と、彼は言い訳をする。「おまえを欲しいんだが、外の人声が聞こえるし、ベッドも狭すぎる。シーツもすべすべしすぎて落ち着かん。〝夫婦面会〟という言い方も、なんか露骨すぎないか」

C‐2は二階の通路から、じゃあまたね、と手を振る。もし、いまカメラを手にしていたら、どこに焦点を絞るだろう？　プリウスの窓に貼ってある小さなヒトデの絵か、それとも、そんなプリウスのはるか上空で雷鳴を轟《とどろ》かせている積乱雲やピンク色の上昇気流か？

†

アートスクールや大学でときどき行う写真術の講義で、C‐2はどうでもいいようなご託宣をずいぶんと垂れてきた。が、これだけは間違っていない、と言えることが一つある——芸術とは会話である、ということ。

二十代の頃、『インタヴュー』誌の依頼でロック・スターや有名人の写真を撮っていた当時は、会話とはセクシーで、おしゃれで、ユーモラスで、美しくあるべきだと思っていた。そう、ある種の崇敬の念をかきたてるような美しさを孕《はら》んでいるべきだ、と。

その後、夫と知り合ってフォトジャーナリストに転じると、会話はモラルに傾斜して、美しさは愛を鼓吹《こすい》するものではなくなった。美しさは人の善意をかきたてるものでなくてはならなかった。

やがて会話がある種の道義的な騒音でしかなくなると、C‐2は動物たちを撮りはじめた。カーカー、ホーホーという鳴き声や、モウという吠え声に馴染むのが楽しくなった。そして二、三か月もすると、多彩な意味を持つ吠え声を聞き分けられるようになった。動物は動物なりの会話をしているのだとわかった。

最近、C-2はカメラを持たずに写真を撮っている。シャッターを押す代わりに、まばたきをするのだ。だって、自分の見たものの証拠をフィルムに残す必要がどこにあるだろう？　最近C-2は、会話とは——そのウィットや独断を含めて——すべて自分の脳中にあるのではないかと思うようになった。そう、神と語り合う人たちのように。

C-2は手すりにもたれかかる。都会の灯火から遠く離れた夜空は、美しくも崇高だ。写真術の講義の際、美しさと崇高さの相違について、C-2はこう説明してきた——夜空の星は美しい。そのきらめきはダイヤにも似て、見ていると何か願いごとをしたくなる。その星たちに刻まれた空間は崇高だ——漆黒の、冷たい、無限の空間は畏怖の念をかきたててやまない。

先刻プリウスの中から手を振っていた、老いた夫の姿が脳裡に甦る。あの姿が鼓吹するのは愛、自分の切実な祈りにかなう何かだろうか。それとも、自分はいま人生最大の苦境に迷い込もうとしているのでは、という危惧の念だろうか。

日曜日。パンケーキ・レストラン・チェーンの〈アイホップ〉からの仕出しによるブランチの席で、〝元軍人〟タイプの保安官代理が、陪審員たちにあてた裁判長からのメッセージを読みあげる――きょうの午後、もしみなさんがお望みならば、費用は裁判所持ちでマニキュアとペディキュアを楽しんでいただきます。

「ペディキュアの費用は払ってくれるのに、ドリンクの代金はこっちで払えってのかい?」〝補欠男〟が言って、メイプル・シロップに手をのばす。

「ビキニラインの脱毛の費用は払ってくれんのかな?」〝コーンロウズ〟が訊く。

「あなた知ってた、ビキニ・ワックスの使い方しだいでは、性病に感染することもあるって?」〝チャーチ・レディ〟が口をはさむ。

「いや、それはどうかな」と、F‐17。

「いいえ、そういう可能性があるんです、あれを使いまわししたりするとね」〝チャーチ・レディ〟が言い張る。

「じゃあ、ペディキュア組は手を上げてくれ」と、保安官代理。

F‐17とC‐2を除く全員が威勢よく手を上げる。

「みなさん、楽しんできて」C‐2が言う。「わたしはプールで泳ぐわ」

C－2はきのう夫が持ってきてくれた黒いタンクトップの水着を身につけて、フロートベルトも手に持つ。だが、足ひれと防水用の耳栓は持っていかない――もしF－17がきたら、その気配が聞きとれるように。プールはいま日陰になっている。直射日光にさらされるまでには、まだ一時間はあるだろう。

真っ青なフロートベルトを腰に巻いたら、いかにもオバンくさく見えるだろうということはわかっている。でも、とにかくいまはプールも日陰になっているからそれも目立たないだろうし、いまの自分は日焼け止めクリームをべたべた塗ってサングラスとサンハットで装ったフロリダ特産の中年女ではない。

いつもは階段か梯子《はしご》伝いにプールに入るのだが、きょうはいきなり飛び込んで水中にもぐる――それからの数秒間、水の表面には何も起こらず、ただひっそりと静まり返ってくれるといい。息つぎのために浮かびあがると、フロートベルトをカチッと留めて、水中を走りはじめる。プールのいちばん深いゾーンを除いて、全速力で水中を走る。水はこちらを無視して抗《さか》らってくる。夢の中で、なんとか汽車をつかまえようと走っている感じ。そこが乾いた陸地だったら、かなりのスピードで走っていることになるだろう。

タオルとゴーグルを持ったF－17が、あの美しい足でプールサイドを踏みしめて近寄ってくる。

「どこか怪我でもしたのかい？」

そう訊かれて一瞬戸惑ったが、そうか、傷口でも癒しているようにとられたんだな、と思いつく。

「ううん、運動のつもりで走っているの」Ｃ－２は答える。「水の中を気の向くまま全速力で走っていると、すごく体にいいのよ」

三メートルと離れていないところで、保安官代理がデッキチェアにすわっている。あの〝ミス農協〟タイプの同僚とのジャンケンで負けて、Ｃ－２とＦ－17の監視役として残ったのだ。

「あなたも水着を持ってくればよかったのに」と、Ｃ－２は保安官代理に声をかける。「せめて靴を脱いで、足だけでも水につかったらどう」

「できりゃ、そうしたいがね」保安官代理が応じる。

Ｆ－17がＣ－２に訊く。「ぼくがクロールで往復したら邪魔かな？」

「こっちは気ままに走ってるんだから、ぜんぜん平気」

のんびりとしたクロールでＣ－２のわきを通るとき、水を切った彼の手がわざとＣ－２の太ももを撫でる。ターンしてもどってくる途中、手の先がまた太ももを撫でる。行って、帰って、手と太ももが触れ合う。彼の指が触れそうなときだけ、Ｃ－２は歩調をゆるめる。

いちばん深いエンドゾーンに日がさしかかる。強烈な陽光が容赦なく水面に降りそそぎ、水中でスペクトルのように波打ってはきらめく。

深い水中をランニングする楽しみの一つは、目をつぶっていられることだ。目を閉じてさえいれば、映像はいつも正確にとらえないと、という強迫観念からも解放される。Ｆ－17の位置は、水飛沫からだけではとらえられない。こんどはここで触ってもらえると思う方向に、彼女は泳いでいく。

やがてまた目をひらくと、視野が、露出オーヴァーのパステル・カラーから旧式のポラロイド写真のような安っぽい色にゆっくりと変わってゆく。C - 2は青いフロートベルトをはずし、プールサイドに放り投げてから浅いエンドゾーンのステップまで泳いでゆく。タオルで体をぬぐい、フロートベルトを拾いあげ、だれにともなく手を振って自分の部屋に向かって歩きだす――F - 17がついてきているかどうか、後ろを振り向かずに意識しながら。

部屋にもどってくる。遮光カーテンの陰からプールを見下ろすと、保安官代理が靴と靴下を脱いでプールに両足を浸しており、F - 17はその保安官代理につかまって何やら話し合っている。ああどうして、足だけでも水につかったらどう、なんて勧めてしまったんだろう？　あの保安官代理はこれで味をしめて、明日からはきっと一日中ああしてプールサイドにすわっているにきまっている。

五分もたたないうちにまた遮光カーテンの陰から見下ろすと、F - 17の姿はもう見当たらず、保安官代理がまだプールサイドにすわっている。あそこからだと、この部屋とF - 17の部屋の前を通る外廊下がよく見えるはずだ。F - 17の部屋のドアが閉まる音。五秒とおかずに、この部屋との境の壁を軽くノックする音。

C - 2もノックを返す。

それに応えて、二度鋭いノック。

それをくり返すうちに、ノックのモールス信号ができあがってくる。C - 2の部屋のほうがプールをよく見渡せる。一度壁を叩いたら、きちゃだめよ、保安官代理がこっちを見上げているから、の意味。二度叩いたら、大丈夫、保安官代理はもう引きあげたわ、の意味。簡単だが効果的な二進法。

一時間たっても保安官代理はまだ両足をプールにひたしており、二人が壁を叩く音はせわしなくなる。

陪審員仲間たちが帰ってきた気配がして、二人は交信を止める。次にC‐2が聞いたのは、自分の部屋のドアをノックする音だった。〝コーンロウズ〟が二人を呼びにきたのだ。

「ねえ、あたしたちのやってもらったペディキュア、見てみてよ」

F‐17とC‐2を下のロビーに引っ張ってゆく。フロントのカウンターの背後に他の陪審員たちが集まっている。フロント係を毎日勤めているインド系の女性と〝元軍人〟タイプの保安官代理に、ペディキュアをしてもらったばかりの足の爪先をみんなで見せびらかしているのだ。〝チャーチ・レディ〟の爪先はごく普通の赤。〝スクールティーチャー〟は金色の爪をひらめかす。〝ケミカル・エンジニア〟の爪は透明なラッカー・タイプで、〝コーンロウズ〟の爪は淡いブルーだった。もう一人、〝補欠男〟はズボンの裾をまくりあげて、濃い茶色に塗った爪先をくねくねと動かしている。

「今夜はね、ディナーの前に、みんなでトリビアル・パスート・ゲームをやるんだよ」と、〝コーンロウズ〟がF‐17とC‐2に説明する。

C‐2が遠慮しようとすると、〝コーンロウズ〟が口をとがらせて言う。「あんた、いつもそうなんだよね。たまにはみんなと楽しみなよ、気分が晴れるから」

ロビーのわきに置かれた細長い折りたたみ式テーブルを、三組に分かれた六人の陪審員たちがとり囲む――〝コーンロウズ〟と〝チャーチ・レディ〟組、〝スクールティーチャー〟と〝補欠男〟組、F‐17とC‐2組。〝ケミカル・エンジニア〟はひと眠りしたいからと断って、自室に引きあげていた。

最初に転がされたサイコロの目は黄色だった。F‐17とC‐2組の色だ。

保安官代理が最初の質問を読みあげる。「名画モナ・リザを描いたのはだれか？　Aファン・ゴッホ、Bミケランジェロ、Cダ・ヴィンチ。さあ、答えは？」

答えを相談するふりをして、黄色組はロビーのいちばん隅に移動する。

だれにも聞こえないような小声で、F‐17が言う。「みんなが寝込んだら、きみの部屋にいくから」

「わかった」答えながらも、C‐2は解答を熱心に相談しているふりをして首を横に振る。

〝チャーチ・レディ〟がわざとらしく咳をする。残りの連中は黄色組の解答を辛抱強く待っている。

「ようし、タイム・アップ」保安官代理が呼びかける。「モナ・リザの作者はだれか？」

「ダ・ヴィンチね」C‐2が答える。

次は青組が解答する番だった。

「ビリヤードで使われるカラー・ボールの数はいくつかな？」

〝補欠男〟と〝スクールティーチャー〟が相談する。

「ええと、十五だよな」と、〝補欠男〟。

次は緑組。

「アドルフ・ヒトラーが信仰していた宗教は？」

〝チャーチ・レディ〟と〝コーンロウズ〟が額を寄せ合う。

「モルモン教じゃない？」二人は同時に言う。

「はずれ。カソリックだったんだよな、実は」と、保安官代理。

また黄色組に解答の番がまわってくる。

「いちばん早く伸びる爪はどれか？　A小指、B中指、C親指」

F‐17とC‐2はまた隅のほうに移動する。

「さっきはどうして首を横に振ったんだい？　ぼくはいってもいいの、いけないの？」

どうしてそんなことを訊くのだろう。

「タイム・アップ！」

「中指！」F‐17がロビーの隅から叫ぶ。

「わたしのほうからいくから」C‐2はささやく。

ベッドにはまだ、夫が持ってきてくれた寝具がかぶせてあるのだ。

†

真夜中をすぎてすぐC‐2は部屋の外に出て、保安官代理がまだ下にいるか、他の陪審員たちがみな自室にさがったかどうかを確かめる。どの部屋の明かりもすでに消えている。自分の部屋のドアを後ろ手に閉めて、F‐17の部屋の前に立つ。そしてドアの把手《とって》にそうっと手をのばしたときだった――わずか六メートルほどしか離れていないところに〝補欠男〟がいるのに気づいた。氷の自販機の前に立って、アイスキューブを頬ばっていた。上半身裸で裸足のまま、ボクサー・ショーツしかはいていない。ペディキュアをした、小さな十個の月のような爪先が頭上の明かりを反射している。周囲を蛾が飛びまわっていた。

C‐2は慌ててドアの把手から手を離す。〝補欠男〟がにやっと、いやらしい笑みを浮かべた。

「いやだ、部屋を間違えちゃったわ」かろうじてC‐2は言う。いかにも間の抜けたセリフだった。自分の部屋にもどると、心臓が破裂しそうで、そのときちょうど境の壁が叩かれた音も聞き洩らしそうになる。あまりに動転していて、その音に応じる気にもなれない。

あくる朝の朝食に先立って、駐車場でタバコに火をつけながらF‐17が言う。「夜通し、きみを待ってたんだけどな」

「わたし、見られちゃったのよ。きのうの夜、あなたの部屋のドアをあけようとしたところを」

「だれに？」

「いやらしい補欠の男に」

〝コーンロウズ〟が二人を見つけて近寄ってくる。

「ねえ、タバコ一本、恵んでくれない？」

報道陣の車がまたもどってきた。〈ヴィレッジ〉から高齢の男女をのせてやってくるミニバスも、きょうは大型の貸し切りバスに変わっている。〝アンカ・バトラー裁判〟の傍聴席を求めて並ぶ人の列は、先週金曜日の倍に伸びていた。

「なんでしょうね、この騒ぎ?」地下駐車場に降りてゆくヴァンの中で、〝チャーチ・レディ〟が保安官代理にたずねる。

「わたしからは答えられないね」

「ひょっとして、きょうはアンカが証言台に立つんじゃない?」と、〝コーンロウズ〟。

「それはないわよ、彼女が自分に不利な証言をしようと決めたんじゃない限り。検察側の尋問はまだ終わってないんだし」と、〝ケミカル・エンジニア〟が反論する。「次はステファーナよ、きっと」

「あの双子のお姉さんのほう? どうしてわかるんですか?」〝チャーチ・レディ〟が訊く。

「だって、他にいないでしょうが」

陪審員たちがいっせいにエレベーターに乗り込もうとすると、F‐17がわざと遅れてC‐2の袖を引いてささやく。「次のにしよう」

やりすごしたエレベーターのドアが閉まるなりF‐17は訊く。「あいつ、何か言い触らすかな？　どこまで、彼の目に映ったと思う？」

「あなたの部屋のドアの把手を、わたしが握ろうとしているところ」

地下から上昇したエレベーターが一階で止まる。高齢の傍聴人たちが乗り込んでくる。こちらを見て意味ありげに笑みを交わす彼らを見て、自分たち〝アンカ・バトラー裁判〟の陪審員たちはちょっとしたセレブに、そう、〈ヴィレッジ〉での噂の種になっているのだ、とC‐2は気づく。この調子だと、すぐ隣りにいるゴムバンド付きジーンズ姿の老紳士からサインを求められたって驚かないな、とC‐2は思う。

陪審員室に入ると、C‐2はF‐17と距離を置くようにする。二人で同じエレベーターに乗ってきた後なので、目立たないようにしようと思ったのだ。が、〝補欠男〟はいわくありげに、じっとこっちのほうを見ている。C‐2は思い切って〝補欠男〟のほうに近づき、ソファにすわる彼の隣りに腰を下ろす。

「あなたも昨夜は寝つけなかったのね」と言ってみる。

「ああ、すげえ暑かったからな」

「わたしなんか、ついうっかり部屋を間違えて、〝先生《ドク》〟を」と、陪審員たちのあいだで定着しているF‐17のニックネームを使って、「起こしちゃうところだったわ」

「おれが証人になれるからよかったな、それじゃ」〝補欠男〟は昨夜のようににやっと笑う。

†

〝ケミカル・エンジニア〟の予想は的中していた。証言台にはステファーナが立つ。彼女が法廷に現れたのは、予備尋問の日以来だった。あれからだれかに忠告されたらしく、きょうはしきりに周囲を見まわしたりはしない。見事な金髪もすくいあげるようにまとめられているので、人目にたつ美貌が陪審員たちの目にさらされる。この双子の姉妹の容貌を、C‐2はつい見比べてしまう。アンカの頬がぽてっとしたプリンだとすると、ステファーナのそれは繊細な陶磁器だ。

二人の姉妹は互いの顔をまだ見交わしていないことにC‐2は気づく。ステファーナは何回か傍聴席のほうを見ていたが、アンカはじっと床を見下ろしている。

ステファーナの宣誓が終わるのを待って、検察官が質問を放つ。

「アンカはあなたに告白したんですね、自分が火をつけたんだと？」

ちゃんとこっちを見なさいよ、と言うように、ステファーナは妹のほうを見る。だが、アンカは顔を上げようとしない。この二人は自分たち流のコミュニケーションのとり方を心得ているのではないか、とC‐2は思う。

「ええ、自分が火をつけた、とアンカは認めました」

「それは、あなたがそう言えと、アンカの耳に吹き込んだんですか？」

「いいえ、ちがいます」

「アンカが告白したのは、火事の後、どれくらいたってからでした？」

「当日の晩です」ステファーナは言って、自分が帰宅したときにはもう火事は消し止められており、ティムが道路の縁石にへたりこんで泣いていた、と述べる。「ティムが教えてくれたんです、ケイレブが死んでしまったって。火をつけたのはアンカだって。そのときアンカがどこにいるのか、ティムは知りませんでした」検察官に先を促されて、ステファーナはつづける。「でも、あたしにはわかっていました、アンカは可愛がっている犬たちと一緒にいるにちがいない、って。事実、アンカは犬小屋の一つに閉じこもって、中から鍵をかけていたんです。最初に犬を全部殺して自分も死んでしまうと脅していました」

C‐2の視線は、プリンのような頬と陶磁器のような頬のあいだをせわしなく往復する。やがてステファーナは陪審員たちのほうをまっすぐ見て、アンカはケイレブなんか生まれなきゃよかったんだ、と言っていたと証言する。そのときになって初めてC‐2は、この双子たちが似ているようで似ていない理由に思い当たる。アンカの鼻は鼻梁《びりょう》の左側と右側が不揃いなのに対し、ステファーナの鼻は完璧に左右対称なのだ。

「犬小屋にいるアンカを見つけたとき、彼女はどんな態度を示しました？」

「アンカはふだんから、どんな態度も示しません」

「で、あなたは火をつけたのはあんたか、と彼女に訊いたんですか？」

「訊く必要はありませんでした。アンカのほうから話してくれたから。自分が火をつけたんだけど、ケイレブを死なせるつもりはなかった、自分が救い出す予定だったんだ、って」

「自分が救い出す予定で、弟を危険な目にあわせる――なぜそんなことをしたんでしょうね？」

被告側が、異議あり、と口をはさむ。だが、ステファーナは答えることを許される。「アンカは以前にも同じようなことをしているんです。可愛がっている犬にオキシドールを飲ませて吐き気を催させる。そうしておいて、こんどは自分で熱心に介抱して元気をとりもどさせるんです」

「どうしてわざわざそんなことをするのか、アンカはあなたに説明しましたか？」

「ええ。自分が受けている治療は順調だって、パパとママに知ってもらうためにやるんだ、って言ってました。つまり、どういうことかというと」ステファーナはつづける。「アンカは、他人の気持や苦しみが理解できるようになる治療を受けていたんです。アンカにはある症状があったので」

「症状というと、どんな？」

「自閉症の症状です」

「アンカはケイレブを愛していたと思いますか？」

「異議あり」被告側弁護人が言う。彼女は黄色いメモ帳に何事か書き記してアンカに見せていたのだが、アンカはそれを読もうともせず、またこっそりとチョコレート・バーを口に運んでいた。

「あなたはケイレブを愛していましたか？」

ステファーナの整った顔がくしゃくしゃと歪《ゆが》んで、涙ぐむ。

「はい」

C‐2はアンカのほうに目を走らせる。アンカはとうとう目を上げて、双子の姉が証言台に立っていることを理解した様子。ぼんやりとした楕円形《だえんけい》の鈍色《にび》の目は、激しい感情に揺れるステファーナの目の対極にある。

C‐2はメモ帳に書き記す。


一卵性双生児？　それとも二卵性？

†

「あれは一卵性よね」〝コーンロウズ〟が言って、F‐17の最後のマッチで昼食後のタバコに火をつける。

「でも、顔立ちがまるで似てないじゃない」C‐2は反駁《はんばく》する。そして、〝コーンロウズ〟のタバコの火を借りて、自分のタバコに火をつける。「ステファーナの鼻は、アンカの鼻よりずっと整ってるわ」

「そのへんは、育った環境の要素が影響してくるからね」C‐2のタバコの火を自分のタバコに移して、F‐17が言う。「まだ子宮の中にいるときから、双子の一方が他方を押しのけることだってあり得るんだ。鼻骨のような柔らかな組織が子宮の壁に押しつけられたりすると、誕生後の鼻の形が影響を受ける可能性は十分あるんだな」

「アンカは右利きで、ステファーナは左利きだよね」〝コーンロウズ〟が言う。

「どうしてわかるの?」この人、なんでこう目ざといんだろう。驚きを隠せずにC‐2は〝コーンロウズ〟に訊き返す。C‐2は東部の大学出のインテリと言えば言えるだろうが、生まれはラス・ベガスの近郊だった。すこしでも屋内を涼しく保つため、窓ガラスにアルミホイルが貼りつけてあるような、四世帯集合住宅で育ったのである。母はもっと貧しい環境、トレーラー・ハウスで育った人で、成人後に一念発起してカジノのブラックジャックのディーラーになったときは、一家中が仰天したくらいだった。おしゃべり好きでいて目端の利く〝コーンロウズ〟は、C‐2にその母を思いださせた。

「だってさ、アンカは右手で髪の毛をつまみ、ステファーナは左手で髪の毛をひねるじゃない」

「あの二人は鏡像双生児ってやつじゃないかな」F‐17が言う。「元は一つの卵なんだが、その卵はすぐ二つに分割されるわけじゃない。そのあいだに二個の胎児は正反対の特徴を身につけていくわけだよ——左利きと右利き、母斑《ぼはん》の位置もお尻の右側と左側、右巻きにカールする髪と左巻きにカールする髪、って具合に」

「ってことはつまり、双子の一方は良い子で、もう一方は悪い子だったとしてもおかしくないってこと?」〝コーンロウズ〟が訊く。

†

「では、あの日の夕方のことを思い起こしてもらいましょうか」昼食後、ステファーナが証言台に立つなり検察官は口火を切る。「あの日、あなたは六時にアルバイトを終えて帰宅したと言った。アルバイト先は〈ポパイズ〉だね。そこでの仕事は？　ドライヴ・スルーの窓口担当だけなのかな？　いつも六時まで働くのかな？　そのとき、ティムはどこにいたんだろう？お宅の敷地の見取り図をお見せするから、そのときティムがいた位置を教えてください。消防士たちのいた場所も示してもらえるかな？」

せっかちな人物から、あの日の出来事を逐一知らされる——聞いていると、そんな感じだった。「あたしはバスで家に帰りました。バスは四四一番地で止まります。その晩はティムと映画を見にいく予定でした。オカラで。『モンスター上司』だったと思うわ、見るつもりだったのは。どっちが選んだのかは、忘れました。上映時刻は六時四十分だったけど、ティムはたいてい予告編も見たがるんです」

どうでもいいような事実を延々と聞かされて、昼食で満腹していた陪審員たちは眠気に誘われる。が、〝補欠男〟だけは別だった。彼はしきりと何かメモ帳に書き込んでいる。C‐2の席は、彼の一段上の三席分左手だったので、メモ帳がよく見下ろせる。首のこりをほぐすようなふりをして背を伸ばすと、ひらかれたページが丸見えだった。あんなに夢中になって、いったい何を書いているのだろう？　見ると、ぎっしりとページを埋めていたのは裸の女の絵だった。それも、乳房や尻を誇張したなぐり描きのような絵ではない。ページの真ん中に裸の女が小さく描かれており、その周囲をとり囲むようにまた裸の女たちが描かれ、それをまたとり囲むように裸の女たちが描かれている。まるでロシアの入れ子人形のレントゲン写真のような、裸婦、裸婦、裸婦、裸婦。

彼のメモ帳は、最初の一ページからこんな絵で埋まっているのだろうか、とC－2は思う。それとも、F－17の部屋に忍び込もうとしていたわたしを見て刺激されたのだろうか？

†

ステファーナの証言を延々と七時間も聞かされ、しかも、翌日もまた午前中それを聞かされるとあって、陪審員たちは一刻も早くモーテルにもどって、夕食のテイクアウトを注文したくなる。

が、いざモーテルにもどると、雑談の種がもう尽きていて、アルコール抜きではみんなで一緒にいるのも苦痛になってしまう。

モーテルのロビーで、陪審員たちは各自のメニュー・オーダーを〝元軍人〟タイプの保安官代理に告げる。さんざん迷って決めた特別な注文がだらだらとつづく――ええと、氷は抜きでね。火は通さずに生で。サウザンド・アイランド・ドレッシングを使ってよね。

C－2とF－17はそっと抜け出して、駐車場を駆け抜ける。大型ゴミ収納器の陰で、ティーンエイジャーのように慌ただしくキスしてから、二人はタバコに火をつけた。と、いつのまにか〝コーンロウズ〟が背後に迫っていて、二人に声をかける。

「おどかしちゃったら、ごめんね」二人のびっくりした表情を見て、彼女は言う。

何を見られたのだろう？

知っているんだろうか、彼女は？

もしかして〝補欠男〟から聞いた？

〝チャーチ・レディ〟にも伝わるだろうか？

そうなったら、〝チャーチ・レディ〟が保安官代理に告げる？

すると、保安官代理は裁判長に報告する？

で、わたしは――と、C－2はその先を追う――結局、夫に告白することになるのだろうか？

〝コーンロウズ〟が、タバコ、お願い、と手を差しだしてくる。

「あしたはさ、ちゃんと自分のを買ってくるから」

その晩、自分の部屋で、いかにも電子レンジで調理されたような、ヴェジタリアン用のふやけたファヒータをつつきながらも、C－2は独りで食事をする孤独を免れている。厚さ数センチの石膏ボードの壁越しに、彼女はF－17と共に食事をとっている。

「ねえ、解剖ってどうやるのか教えて」

「そうか、それなんだね、きみがひそかにご執心なのは」F‐17は答える。

ベッドに仰臥《ぎょうが》していたC‐2は、暗闇の中で彼の手をとり、自分の両胸の下から胸骨へ、さらに喉元へと、Yの字を逆さにしたラインを引いてみる。

「こういうふうに切開していくの？」

「それは、死因を特定するための検視を行う場合だね。われわれの行う解剖の目的は、その人物がどう死んだか、だけではなく、どう生きたか、をもさぐることにあるんだ。死体は頭部と胴体と二つに分かたれて、それぞれ覆いに包まれて運ばれてくるんだけどね」

彼はC‐2の体を寝具で覆う。

「医学部の学生といっても、それまで生《なま》の死体を見たことがない者ばかりだからね。で、最初に胴体のほうの覆いをとるように指示する。その段階で、もう顔面蒼白《そうはく》になっている学生が二、三人はいるね」

彼はC‐2の体を覆っていた寝具をはがす。

「最初にまず、死体をうつ伏せにするんだ」

言いながらC‐2をうつ伏せにする。

「学生たちを慣れさせるために、解剖はまず背中からスタートする。背中は、人間の肉体の中で、個人的な特徴がいちばん希薄な部位だからね。そこで最初の切開をするんだが、背中をまず四つの均等なゾーンに分ける」

F-17はごく軽いタッチでC-2の後頭部から臀部《でんぶ》にかけて線を引き、ついで腰を横切るように線を引く。

「そのゾーンをさらに四つに細分する」こんどは右の脇の下から左のヒップへ、さらに左の脇の下から右のヒップへと斜めに線を引く。

「そうしておいて、皮膚を剝がしていくんだよ」

「血は流れるの？」

「いや、血はまったく流れない。死体には軽い防腐処置が施されているんでね、ホルムアルデヒドを使って。その後、切開部位は上腕と肩に移る」

彼はまたC-2を仰向けにし、片腕を持ち上げて、そっと頭の背後にまわす。

「脇の下がくすぐったいのは、そこが人間の体でいちばん神経が過敏な位置だからなんだ。われわれが手の指先で得る感覚はすべて、脇の下を経由して脳に伝わるのさ」

F-17は感覚の伝わる通路を指でたどってみせる。

「次に調べるのは手だね」

C-2の手を持ち上げて、骨の構造をたどる。

「学生たちの気持が高揚するのは、手を調べるときなんだ。手という器官には、顔と同じくらいに個人的な特徴が出るものだから。ときどき、ネイル・ポリッシュをしたままの手にぶつかることもあるし。そういう手にぶつかると、学生たちは初めてそれが人間の体の一部だということを実感するのさ」

頭の背後にまわしていたC - 2の手を下ろして、「ここからいよいよ体をひらく作業に移る」

「胸を切り裂くの?」

「文字どおり鋸《のこぎり》で骨をひいてね、胸骨を丸ごと取り除くんだ」

「そうすると、最初に何が見えるの?」

「肺だね」

「心臓ではなく?」

「心臓は中縦隔《ちゅうじゅうかく》という部屋の奥にあるんだよ。安全に鼓動できるよう漿液《しょうえき》の入った心嚢《しんのう》という袋に包まれてね。この心嚢の後部の壁に心臓をつなぎとめているのが静脈と大動脈で、この二つの血管は心臓を体につなぎながら、心臓がある程度動いても大丈夫なような柔軟性をも持たせている。ちょうど、犬にある程度の自由を与えながらつなぎとめているリードのような働き、と言ってもいいかな。それがないと、心臓はふらついちゃうかもしれない」

心臓の説明をし終えると、F - 17はまたセックスをしたがる。裁判が終わってこのモーテルを出ることになれば二人の仲も終わる。その事実を、彼は受け容れられないのだ。五十二歳のC - 2には、二十四歳の頃にはなかったセックスの奥深い濃密さがある。新たに意識したその境地を、彼女はただうとましく思っている。が、同時に、それをまだ味わい切れていないもどかしさも感じている。

あなたの宣誓はまだ生きているんですからね、と法廷の書記官がステファーナに告げる。けさは被告側弁護人が証人に尋問する番だ。

「きのう、あなたは、自分とアンカは一緒に日記をつけている、と検察官に証言しましたね」弁護人は言って、青い付箋のついた古風な革装の日記帳をかかげてみせる。

あの姉妹が日記をつけている――ステファーナのそんな証言を聞いた覚えなどC‐2にはない。たぶん、あのときは〝補欠男〟のメモ帳に描かれた裸の女の絵に気をとられていたせいだろう。

「あなた方は、それぞれこの日記帳に書き込んでいたのね？」

「いいえ」ステファーナは答える。「あたしは自分の分を書き込んでいたけど、アンカの分はあたしがアンカの言いたいことを聞いて、代わりに書き込んでいたんです」

「だからここには、あなたの筆跡の字しかないのね。では、あの火事の起きた三日前の書き込みを読みあげてくれる？」弁護人は、印しのついたページがひらかれている日記をステファーナに手渡す。

「あたしはマッチをすろう」ステファーナは読みはじめた。「それから、元の方角にひき返して、ガソリンで濡れたところに火をつける。最初、炎はいきおいよく、青く燃え上がるだろう。それから赤い筋の入った黄色になるだろう。あたしは、炎が子供部屋の窓に届くくらい高く、最高に危険なくらい燃え上がらせてから、部屋に飛び込んでケイレブを救うんだ」

「それはあなたの筆跡かしら?」

「はい。でも、あたしはアンカが言ったことを書き写しただけです」

「あなたは、パトリシア・ハイスミスという作家が書いた『ヒロイン』という短編小説を読んだことがある?」

検察側が異議を唱える。検察官と被告側弁護人が激しく言い争い、裁判長と弁護人のあいだで、陪審員には聞こえないように協議が行われる。

裁判長の許可が下りるのを待って、弁護人は尋問を再開する。「あなたは、飛び級の英語のクラスで、『ヒロイン』という作品に関するエッセイを発表しているわね?」

「はい」

「これは『ヒロイン』という作品の一部をコピーしたものだけど、アンダーラインを引いた箇所を読んでもらえる?」

弁護人はステファーナにコピーを手渡す。

「『そこでマッチをすると』」ステファーナは読みはじめる。「『元の方角にもどりながら、ガソリンで濡れた箇所に火をつけていった……最初、炎は青白く燃えさかったが、やがて赤い筋の入った黄色に変わった……炎がもっと高く、子供部屋の窓に達するくらいになって、最高に危険な状態になったら、あたしは飛び込んでいこう、と彼女は思った』」

「アンカはあなたと同じ飛び級には入っていないわね？」弁護人はあらためて問いかける。「アンカは飛び級の授業を受けてはいないでしょう？　アンカは学習能力に障害のある生徒向けの、特別クラスに入っているんじゃない？　つまり、アンカがこの小説を知っていたはずはないんです。それなのに、あなたの証言によれば、アンカはこの小説の中の一節を暗記し、それをあなたに口述した。そういうことにならない？　あなたはこの小説の筋を知っているでしょう？　どういうストーリーか、話してもらえない？」

またしても検察側からの異議。激しい応酬。裁判長と弁護人の協議。

裁判長は、自身がその小説を読む必要があると判断し、いったん休憩を宣言して判事室に引っ込む。十五分後、彼女はコーヒーのしみのついたゼロックスのプリントアウトを手に法廷に姿を現す。そして、問題の小説の全文を陪審員たちは知る必要はないが、日記に転用された箇所に先立つ数か所の内容は知っておいてもいいと宣言し、その箇所の朗読を書記官に命じる。

「『もし洪水なんかが起きて……』」書記官は機械的に読みはじめる。「『彼女は洪水の水かさがどんどん増して、ついに子供部屋に流れ込む様を想像した。そうしたら自分は子供たちを助け出して、一緒に安全なところまで泳いでいけばいいんだ……さもなきゃ地震が起きたっていい……自分は壁が崩れ落ちるところに飛び込んでいって子供たちを救い出す。それから自分は、ごくつまらないもの——ニッキーのおもちゃなんか——をとりに引き返して、死んでしまう！　そしたら、自分がどんなに子供たちを愛していたか、クリスチャンセン夫妻もわかってくれるだろう。

でなきゃ火事だっていい……そうよ、火事なんかざらに起こるものなんだから。ガレージにあるガソリンからいつ出火して、恐ろしい火事になるかもしれないんだし……

彼女は家の一角にガソリンを少量流し、そこからさらにガソリン缶を転がして、ガソリンをまいていった。そしてとうとう家のいちばん奥にまで達した。そこでマッチをすると、元の方角にもどりながら、ガソリンで濡れた箇所に火をつけていった。最初、炎は青白く燃えさかったが、やがて赤い筋の入った黄色に変わった。ルシールの緊張が解けはじめた。炎がもっと高く、子供部屋の窓に達するくらいになって、最高に危険な状態になったら、あたしは飛び込んでいこう、と彼女は思った』

†

「ルシールって子も、自閉症だったの?」昼食の席で〝コーンロウズ〟が訊く。

「ルシールって、だれなんですか?」〝チャーチ・レディ〟が問い返す。

「問題の短編小説のヒロインよ」と、〝ケミカル・エンジニア〟。

「ヒロインって、だいたいがいい人間なんじゃなかった?」〝コーンロウズ〟が言う。

「だから、『ヒロイン』ってタイトルの皮肉が効いているんじゃない」〝ケミカル・エンジニア〟が言い返す。

「ルシールって、その小説に登場する夫妻の娘さんのことですか?」〝チャーチ・レディ〟が訊く。

「ううん、娘じゃないよ」〝コーンロウズ〟が答える。「だって彼女、〝クリスチャンセン夫妻もわかってくれる〟、とか言ってるじゃん」

「法廷外で審理の話はしないでくれ」保安官代理が警告する。

「いや、ある小説について話し合ってるんだよ、われわれは」F‐17が抗弁する。

「わからないのは、どうしてあたしたちには小説の全文が知らされないのか、ってこと」〝スクールティーチャー〟が言う。

「そうですよね。どうして裁判長はわたしたちを無知な状態にしておくのかしら?」〝チャーチ・レディ〟が疑問を鳴らす。「わたしたちはそもそも、真実を突き止めるためにここにいるんでしょうが?」

「警告はしたからね、わたしは」と、保安官代理。

「だからさ、われわれはこの裁判の話をしてるんじゃないんだ。どうして司法はわれわれに目隠しをしたがるのか、って話をしているのさ」F‐17が言う。

「あたしたちに許されているのは、裏づけのとれる証言を聞くことだけなのよ」〝スクールティーチャー〟が〝チャーチ・レディ〟に言う。

「でもさ、それがある小説のあらすじかどうかなんて、どうやって証明すんのよ?」〝コーンロウズ〟が訊く。

「なんてつまらねえことばっか言い合ってんだよ、おい?」〝補欠男〟が口をはさむ。

「そんな下品な言い方ってないでしょ」と、〝スクールティーチャー〟。

「そんなヒステリーを起こすこともねえだろう」〝補欠男〟が言い返す。

「もういや、この人と一緒に食事をするなんて。この人、他のテーブルに移してちょうだいよ」〝スクールティーチャー〟が保安官代理に訴える。

「すこし言葉遣いに気をつけるんだな」保安官代理が〝補欠男〟に忠告する。

「ふん、そっちこそ口のきき方には気をつけな」

「いい加減にしないと、裁判長があんたを法廷侮辱罪でしめ上げることになるぞ」

「いまのおれたちは、もうムショにぶち込まれてるようなものじゃねえかい。これ以上どんなしめ上げ方があるんだ？」

「ねえ、もっと穏やかに食事をしませんか、みなさん」〝チャーチ・レディ〟が言う。

「もう金輪際、この人と同席するのはいや」と、〝スクールティーチャー〟。

「あたしも」〝コーンロウズ〟が言う。

「おい、ニック」保安官代理が西インド諸島出身の調理人に呼びかける。「テーブルをもう一つ別に用意してもらえるかな？」

「おれを隅のほうに押し込めようってのかい？」〝補欠男〟が言う。

「わたしはもう法廷にもどります」

〝チャーチ・レディ〟が言うと、

「あたしも」と、〝コーンロウズ〟が立ち上がる。

「ああ、勝手にヴァンにもどりなよ」〝補欠男〟がうそぶく。「おれはまだ食事が終わっちゃいねえんだ」

「ニック」保安官代理が呼びかける。「残った分をぜんぶ袋に詰めてくれんかな。みなさんには陪審員室で食べてもらうから」

「外でタバコを吸いたいんだけど、いいだろうか？」F‐17が言って、C‐2と一緒に立ち上がる。

「いや、きょうは止めてもらおう」と、保安官代理。

陪審員室にもどると、〝補欠男〟以外、だれもランチを食べようとしない。〝スクールティーチャー〟はたった一人ソファにすわって涙ぐんでいる。C‐2はなぐさめてやりたくなって、近づいてゆく。服装はちょっと派手めだが、〝スクールティーチャー〟は若い女性ながら、ごく内気な性格なのだろう。こうして派手めな服装をしているのは、法廷物のテレビドラマを見慣れたせいなのかもしれない。ああいうドラマに登場する女性弁護士は、きまって胸の谷間が露《あら》わな服を着ているのだから。

「いつ終わるのかしら、こんな面倒なこと？」訴えるように〝スクールティーチャー〟がC‐2に訊く。

「検察側が証人喚問を終えれば、裁判も中間点にさしかかったことになるんだろうけど」C‐2は答える。

「じゃあ、裁判はまだ半分もいってないってこと？」

こういうときになぐさめる文句をいろいろと考えて、C‐2は試しに言ってみる。「でも、とにかく、ここまできたんだから」

すると〝スクールティーチャー〟は言う。「そりゃ、あなたはいいわよね。夜のお楽しみがあるんだもの」

C‐2はいきなり頬を張られたようなショックを覚える。

〝スクールティーチャー〟は気づいているのだ。

他にだれが気づいているのだろう？

陪審員たちが法廷にもどって着席する際、C‐2は一人一人の顔を見て見当をつけようとする。〝チャーチ・レディ〟はあくびをかみ殺している。〝ケミカル・エンジニア〟はフラットシューズを脱いで、それを裸足の爪先で器用に椅子の下に押し込んでいる。〝コーンロウズ〟は後ろを振り向いて、〝補欠男〟を軽蔑したように睨《にら》みつける。〝補欠男〟は彼女を睨み返し、C‐2のほうを向いてウィンクする。

もう全員が気づいているらしい。

†

「ティムは子供部屋の壁の塗装を手伝いました。だから、テレピン油の保管場所はわかっていたと思います」ステファーナがどんな質問に応じてそう答えたのか、C‐2にはわからない。

〝補欠男〟のウィンクに動揺していたからだ。

「ティムはどれくらいのあいだ、ヴォランティアの消防士として働いていたのかしら?」

「三年間くらいだと思います」

「じゃあ、火事については相当詳しいわけね」

「いまの質問、よく聞こえなかったんだが」検察官が異議をはさむ。

「犬たちの体調がおかしくなる一週間前に、あなたはオキシドールを購入しましたか?」

「さあ、覚えていません」

「じゃあ、そのときの領収書の控えを見てみて」

ステファーナは証拠品袋の中の領収書の控えにじっと目をこらす。

「もしあたしが買ったんだったら、アンカに頼まれたからです。アンカはいつも犬小屋に備え付けの救急薬セットの中にひと壜入れていましたから。去年の夏、アンカの可愛がっていたダックスフントがサゴヤシの実を食べて死んじゃったことがあるんです」

この裁判がはじまってから初めて、アンカは他人の言葉に反応を示す。ダックスフントという言葉を聞いて、顔を覆ったのだ。

C-2はメモ帳に書き入れる。

アンカには愛する能力がある

その晩、〈オリーヴ・ガーデン〉というレストランの外で顔を合わせた際、C‐2はF‐17に言う。「もうみんなに気づかれちゃってる」

「本当に？」

「ええ」

「だれかに、何か言われたのかい？」

「陪審員席で、補欠の男がわたしにウィンクしたの。もう気づかれてるのよ、みんなに」

夕食後、プールで泳いでいるとき、C‐2は〝スクールティーチャー〟とのやりとりをF‐17に打ち明ける。いつもの監視役の保安官代理は、蚊の攻勢におそれをなしてロビーに引っ込んでしまっている。「わたしが、〝でも、とにかく、ここまできたんだから〟ってなぐさめたら、彼女、〝そりゃ、あなたはいいわよね。夜のお楽しみがあるんだもの〟って言い返してきたの」

「あの下品な大口叩きがバラしたんだな」C‐2の横で犬かきをしながら、F‐17が言う。

「みんなに言い触らしたんだわ、あの男」〝補欠男〟の下卑たウィンクをC‐2は思いだしていた。

「やつはただ、きみがぼくの部屋のドアノブに手をかけたのを見ただけなんだろう」

「この先もあいつが話に尾ひれをつけていったら、最後には、わたしが氷の自販機の前であなたのアレを舐《な》めてるのを見た、なんてことになりかねないわね、きっと」

二人はいちばん深いエンドゾーンで向きを変える。F‐17の顔は下から水中のライトに照らされている。ゆらめきながら水を透過した光に照らされると、彼の顔の肌は一点のしみもないように見える。こうして見る彼はひときわハンサムだが、さほどセクシーでもない。

「だれかが裁判長に告げ口すると思う？」

「しかし、何を話すんだい？　一日中猥《みだ》らな絵を描いている〝補欠男〟が、ぼくの部屋に忍び込むきみを見た、とでも？　それよりもっと気がかりなのは、だれかがそういう噂を保安官代理の耳に入れることだな。そうなると、彼はもっと厳しくぼくらを見張ろうとするだろうからね」

「わたしたち、陪審員をくびになるのかしら？」

「最初に強制された宣誓には、禁欲の誓いまで含まれていたわけじゃないからな」

「でも、あの裁判長は、法廷で用いられた単語を辞書で調べている陪審員がいたので即刻解任した、と言ってたわ。何だったかしら、その単語？」

「〝prudent（分別のある）〟だったね、たしか」

いちばん浅いエンドゾーンで向きを変えると、いちばん深いゾーンのプールサイドに立つ保安官代理が目に入る。彼は耳にたかった蚊をぴしゃっと叩いていた。

「そろそろおひらきにしてくれ」保安官代理が二人に呼びかける。「そっちは蚊に食われてないかい？」

「蚊は塩素が嫌いだからね」F‐17が答える。

タオルで体をふきながらC‐2はささやいた。「本当？　蚊は塩素が嫌いなの？」

「いや、とっさにでっちあげたのさ。ぼくも盛大に蚊に食われてるよ」

「今夜はわたしの部屋にこないでね」階段をのぼりながらC‐2はささやく。「危険だから」

午前二時頃、F‐17のベッドで愛し合った後、C‐2は言う。「子供たちが担任の先生に告げ口するのと同じ動機で裁判長に告げ口する陪審員もいると思うわ――自分を売り込んで優等賞をもらおうとして」

「恋愛関係に陥った陪審員って、ぼくらが初めてじゃないと思うけどね」

〝恋愛関係〟という言葉を彼が選んだことに、C‐2は驚く。彼女自身は単なる情事と思っていたのだ。いや、そうと言い切れるだろうか？

「最低限、裁判長は、そこまでにしなさい、と言うでしょうね」

「この裁判が終わってからも、会ってくれるかい？」

「この裁判が終わったら、C‐2という女性はもう存在しないの」彼女は答える。

きょうのステファーナは、反対尋問に備えたさっぱりめのメイクをしている。制汗クリームを塗って、軽くパウダーではたいているくらいだ。それはC - 2自身、有名人のポートレートを撮りまくっていた頃に覚えたメイクだった。制汗クリームが額の汗を防ぎ、パウダーが化粧崩れを防いでくれる。

あの〝ナチュラル・メイク〟は検察官のアイデアなのだろうか、とC - 2は思う。それとも、ステファーナの母親のアイデアなのだろうか。あの母親は毎日きちんとメイクをきめて傍聴席にすわっている。ベージュ色のファウンデーションで隠しきれなかった肌はあまりに青白く、ブルーのアイシャドウを施した目蓋の下の目があまりにも感情に乏しいため、全体として、まるで葬儀屋の手になるメイクのように見える。裁判長が槌を叩いて審理の開始を告げる前に、母親はそっとチョコレート・バーをアンカの手にすべらせた。これから反対尋問がはじまったら、C - 2はバトラー夫人をじっと観察して、彼女がステファーナとアンカのどちらを信じているのか見定めようと思っている。

法廷にはまたもモニター・スクリーンが持ち込まれた。きょうは弁護側が陪審員に動画を見せる予定らしい。廷内が暗くなると、弁護人が裁判長に説明する——これから陪審員に見てもらう映像は、火事の六日後にステファーナの携帯で撮影されたものです。

画面には、ジーンズとブーツ姿のティムがバトラー邸の焼け跡をほじくり返して何かを探している姿が映される。バトラー邸で焼けずに原形を保っているのは、三台収容のガレージとフェンスで囲まれたプールだけだった。

ステファーナの声が流れる。「そこ、パパの書斎があったところだよ」

ティムが周囲を見まわし、椅子の残骸をとり上げる。

「ねえ、パパの金庫、見つかった？」

「いや。でも、こいつを見つけたぜ」ティムが言って、卵形の黒い大きな物体を持ち上げる。

「これ、バトラーさんの燻製器《くんせい》だろう」

「今夜はもうバーベキューできまりだね」

ティムは笑う。だが、ステファーナの笑い声のほうがマイクに近くて、ティムの声をかき消してしまう。

動画はそこで終わり、廷内はまた明るくなる。バトラー夫人の顔からはまったく血の気が失せていて、ベージュ色のファウンデーションが泥の色のように見える。

「この動画を撮ったのはあなたね？」弁護人がステファーナに訊く。

「そうです」

「あなたのアイフォンで？」

「はい」

「聞こえたのはあなたの声ね？」

「ええ」

「どうしてティムは、あなたのお父さんの金庫を探していたの？」

「パパに頼まれたからです。金庫は燃えない造りになっていたので」

「金庫に入っていたものは？」

「パパの重要な書類ね」

「他には？」

「ママの宝石類とか」

「で、金庫は見つかった？」

「ええ」

「お母さんの宝石類は入っていたの？」

「いいえ」

バトラー夫人の死んだような目が涙ぐむ。赤く腫れた目の縁はあふれる涙を抑えきれない。涙は泥中を流れる水のように頬を伝い落ちる。

C‐2と同様、バトラー夫人もまた双子の姉妹のどちらを信じていいのかわからないらしい。

†

「昼食だけどさ、〈ニック・アンド・グラディス〉以外のとこじゃ食べられないのかな？」地下駐車場からすべり出るヴァンの中で〝コーンロウズ〟が声をあげる。「脂肪分が多すぎるよ、いつも」

「でも、あなたはダイエットの必要なんかないでしょうに」〝チャーチ・レディ〟が言う。

「おれはあそこで出すフライド・チキンが好きだね」と、〝補欠男〟。

「あの店は裁判所と契約を結んでいるんでね」保安官代理が説明して、〈ニック・アンド・グラディス〉の前にヴァンを寄せる。

他の陪審員たちがライスとコーン添えのフライド・テラピアの昼食をとっているのを尻目に、C‐2とF‐17はタバコを吸いに外に出る。

「こうして別行動をとるのって、まずいんじゃない？　みんなが見ている前で？」C‐2が言う。

「でも、もしこれを止めたら、みんなに知られたとぼくらが気づいたんだと、連中は思うだろうしな」

これから彼に訊こうと思っていることは問題だ、とはC‐2にもわかっている。別の陪審員と性的関係を持ったとしても、その人物を相手に、裁判に登場する証人の印象について語り合ったりするのはよくない、と承知しているからだ。けれども、先刻の証人に関して彼がどんな印象を抱いたか、どうしても知りたくて、ついたずねてしまう。「さっきの動画でのステファーナの笑い方って、なんだか悪魔的じゃなかった？」

「というか、ある種の解放感の表れのように聞こえたけどな、ぼくには。教室で授業していても、学生たちがああいう自虐的なユーモアを発揮する場面はよく目にするよ」

「自虐的というより、病的なものに聞こえたけど、わたしには」

「笑いというのは、ある種の自己防衛の手段でもあるからね。それによって、われわれの生命には限りがあるという事実を克服するのさ」

「ステファーナは、自分の生命に限りがあるなんて考えてもいないんじゃない」

そのとき、レストランのドアがあいて、火をつけていないタバコをくわえた〝コーンロウズ〟が出てくる。新しいマッチをとりだして火をつけると、ふうっと煙を吐き出して、「あんたたち、あのランチを食べずに出てきてくれてよかったよ。あれでニックも、次はもっとましなランチを出さなきゃと思うだろうから」

この人も気づいてるのかしら、とC‐2は思う。

その日の午後遅く、だれもが驚いたことに検察側は証人尋問を終える。最後に喚問された証人は、もったいぶった話し方をする警官だった。彼は出火の現場にいたわけでもなく、もっぱら被告側弁護人の陳述、ステファーナは母親の宝石を盗むような女性だと匂わせる陳述に反駁するために呼ばれたのだった。出火当時、現場近くでは他にも二件の窃盗事件があった——それが彼の証言のすべてだった。

C‐2は、検察側が証人尋問を終えるにあたって、それがどんなに不合理で幼稚に聞こえようと、容疑者の動機にも言及するのではないかと期待していた。ダックスフントを可愛がっていながら日常的な感情には乏しいティーンエイジャーが、生後十八か月の弟に火をつけたのはなぜだったのか。C－2は以前から、人間の幼少期の被傷害体験が成長してからの行動に及ぼす影響については疑問に思っている。ハリウッド映画などでは、連続殺人犯の犯行動機は、とかく幼時に精神異常の母親からタバコの火を掌《てのひら》に押しつけられたことであるかのように描く。が、この裁判ではその点、容疑者の動機に関して何の見解も示されずに終わるのだろうか？この裁判のごく初期に検察官は嫉妬が動機だと言ったけれど、それに関しても何の検証も行われないまま終了するのだろうか？

「中間点までたどりついたことに乾杯」〝スクールティーチャー〟が白ワインのグラスをかかげてみせる。カジュアル・レストランの〈アップルビーズ〉で祝杯をあげる陪審員たち。金曜日の夜。裁判はようやく半ばをすぎたのだ。明日はまためいめいの夫や妻や恋人たちが訪ねてくることになっている。

「中間点って、ポイント・オヴ・ノーリターン（もう引き返せない点）、とも呼ばれるんじゃなかったかしら？」〝チャーチ・レディ〟が、ふるいつきたいような味とメニューにうたわれているハンバーガーを注文してから言う。

「ポイント・オヴ・ノーリターンってのはよ、〝もう引き抜こうったって無理な点〟ってことよな」と〝補欠男〟が言って、ペッパーコーン・ソース添えの三百四十グラムのサーロイン・ステーキを注文する。

「ご婦人方の前で卑猥な口をきくのは止めろ、と警告しただろう」保安官代理が注意する。

「何度も言わせるなよ」彼自身はフィエスタ・ライム・チキンを注文する。

「ポイント・オヴ・ノーリターンとはね、そこで引き返すよりそのまま進んだほうが安全な点という意味さ」F‐17が言う。

†

その晩、C‐2の部屋の予備のベッドの上で、F‐17は、何か思い出に残る撮影のエピソードがあったら話してくれないか、とせがむ。

彼はセックスの前におしゃべりをしたがるようになった。それはC‐2と夫がとりわけ好む前戯なのだ。が、F‐17は、どうしても聞かせてくれ、とせがんで引き下がらない。

仕方なくC‐2は、有名人のポートレートを撮っていた頃のエピソードを話すことにする。『インタヴュー』誌のために、引退して五十年もたつ老女優の近況を撮ったときのこと。それまでずっとカメラを避けていた老女優は、八十七歳になって、初めて撮影を許可してくれたのである。C‐2は映画『サンセット大通り』のグロリア・スワンソンのような女優を想像していたのだが、目の前に現れたのは、自分がカメラ嫌いだったことも忘れている、一人のだらしない老女だった。彼女はうなじの髪をくしけずることも忘れてスプレイをかけてしまったものだから、髪が後ろに広がったままだった。

「〝きれいに撮ってくれなきゃだめよ〟って、彼女は言うの」

「で、きれいに撮ってあげたのかい？」

「彼女の顔が陰になるように、窓際に立たせて横顔を撮ることにしたんだけど。現在の顔をすこしでもぼかして、全盛期の美貌が浮かびあがってくれればと思って。ところが、いざフィルムを現像してみたら、まるで彼女が全速力で走っているみたいに、白い髪が後ろにぱあっと靡《なび》いてしまっていたの」

いま、自分たちはポイント・オヴ・ノーリターンを通りすぎようとしているのだ、とC－2は思っている。それも、あのときF－17が言ったような意味でではなく、〝補欠男〟が言ったように、もう立ち止まれない、という意味で。

F－17が自分の部屋に帰ってから、彼女はベッドの寝具を引きはがして廊下に出そうとする。が、また氷の自販機の前に〝補欠男〟が立っているかもしれないと思いついて、やめておく。シャワーを浴びて、ベッドに横たわる。あと六時間もしないうちに、夫がやってくるのだ。

†

プリウスが駐車場にすべりこんでくる。ドアをあけて降り立った夫は、この前とちがってお土産の袋は持っていない。C－2は部屋から出ず、遮光カーテンの陰から夫を見守っている。一陣の突風が吹いて、駐車場を横切る夫を砂埃《すなぼこり》が追いかける。夫は一生懸命歩いているのだが、杖《つえ》をついて歩を進める姿は、一方にかしいでいるように見える。手首、肘、肩、膝、すべてが最小限の力で、機械仕掛けで動いているように、ぎくしゃくしている。きょうの夫にははっきりした目的がある。ロビーのフロントで署名し、階段をのぼり、氷の自販機の前を通って近づいてくる。

昨夜、F‐17は、明日は独りでいるよ、と言っていた。

夫の歩調には、フルスピードとロー・ギアの二つしかない。友人とディナーを共にしたり、パーティに参加したりするとき、人々の目にはフルスピードで動く夫の姿しか映らない。で、だれもが彼のエネルギッシュなことに感嘆する。だが、それでパワーを使い尽くしてロー・ギアに変わってしまった彼の姿を知る者は、C‐2しかいない。パーティからの帰途、車の助手席にへたり込んだ夫はすぐ眠り込んでしまい、家に着くと、服も脱ぎ終えないままベッドに倒れ込んでしまうのだ。

きょうは、週に二度のスカイプで打ち合わせたとおり、C‐2はベッドで、全裸で、待っていることになっていた。

わたしにさわってくれ、そして、わたしがだれか思い出させてくれ、と、詩人のスタンリー・クニッツは綴った。夫はその詩を愛していたが、気に入っているのは詩の内容ではなく、その詩を書いた当時の詩人が九十歳だった、という点なのだ。

夫がそっと部屋に入ってくる。

打ち合わせどおり、ひとこともしゃべらない。C‐2も、打ち合わせどおり、眠っているふりをする。夫は裸になり、先週持ってきた新しい寝具の下にもぐりこみ、後背位の姿勢になってC‐2をきつく抱きしめる。彼女の肩にキスし、手を前にまわして愛撫するのだが、肝心のものが勃たない。

彼は身を起こし、八十六歳の身ではパチンと指を鳴らしただけでは勃起しない自分に困惑する。その不遜な困惑と気負いと希望が、いまの彼の存在の核をかたちづくっている。彼は口をひらく。「変だな。バイアグラも服《の》んできたのに。きっとドアをロックできないせいだな。いつだれが入ってくるかもしれん。この部屋はどうも落ち着かなくて困る」

彼はまた片肘をついて横たわり、C‐2は仰向けに姿勢を変える。

「あとどれくらいここに泊まらなきゃならないんだ？」

「検察側の証人尋問がきのうで終わったから、あと十日くらいじゃない」

「CNNでも、ナンシー・グレイスがこの裁判をとりあげてたぞ」

「この裁判に関するニュースは、あなたも見ないでほしいんだけど」

「どうして？」

「だって、わたしたち陪審員が仕入れてはいけない情報をあなたがつかむことになっちゃうから」

「それがどうしていけない？　おれがおまえの耳に入れなければいいんだろう」

「でも、あなたが知っているのに話してもらえないと思うと、イライラしちゃうもの。で、そのCNNの番組では、陪審員が承知しておいたほうがいいようなこと、何か言ってた？」

「話さないほうがいいんだよな、おまえには」

「じゃあ、どうして持ちだすのよ、そのニュースのこと？」

夫がC‐2に触れようとする。が、彼女はその手を振り払う。

「この裁判関連のニュースを見ていると、すこしでもおまえに近づくような気がするのさ」

「ナンシー・グレイスを見ていると、そんな気になるの？」

「ここは暗すぎるな、遮光カーテンを閉めたままだと、おまえの顔も見えやしない」

「じゃあ、カーテン、あけてみる？」

「いや、それはやめてくれ」

こんどの訪問で夫婦愛を確かめる目的は、損なわれてしまった。あとは二人そろってうたた寝するくらいしか残されていない。C－2は躰《からだ》を後ろむきに夫に押しつける。夫の膝が自分の尻に、夫の胸が自分の背中に押しつけられる。寝転ぶと、へこんだ部分がごく自然に埋まる古いマットレスのように、二人のすべての骨や突起が慣れ親しんだ形に接し合う。

「家に一人だと寂しい？」C－2は大きな声で訊く。声をひそめると、夫には聞こえないのだ。

「そりゃ寂しいさ」

「やっぱりめまいがする、ときどき？」

「おまえは心配せんでいいよ」

「ライフライン警報装置は、いつも身につけてるでしょうね？」

背中にぐっと重さがのしかかってきたので、ああ、寝込んだのだな、とわかる。C－2は目を閉じる。うたた寝のほうがセックスよりずっと親密に感じられる。

ヒトデの絵が貼りつけられたプリウスの窓に向かって、C－2も、さようなら、と手を振った。空は果てしなく広がっていて、きょうは入道雲ひとつ浮かんでいない。どこまでも青く、暑く、笑い出したくなるくらい明るい空だ。

日曜日。〈クラッカー・バレル〉レストランでのブランチ。週末担当の〝ミス農協〟タイプの保安官代理が、裁判長から託された陪審員宛の伝言を読みあげる――きょうの午後は次のどちらかを楽しんでください。1ボウリング、2〈リプリーの信じようと信じまいと博物館〉。

「わたしはボウリングにします」〝チャーチ・レディ〟が言って、粗びきコーンにタバスコをふりかける。

「うちの子なんか、あたしがあの〝珍品博物館〟にいってきたって言ったら、キャーキャー騒ぐだろうな」〝コーンロウズ〟が言って、細切りの肉料理が注文どおりにカリカリになっているか確かめようと、フォークでつつく。

〝ミス農協〟タイプと〝元軍人〟タイプ、二人の保安官代理が話し合って、陪審員全員がどちらかに分かれるなら、二組にまとめて引率することになる。

「どうしてもいかなきゃだめ?」〝ケミカル・エンジニア〟が訊く。

「モーテルに一人残るのはアウト」〝ミス農協〟タイプが答える。「あたしたち二人じゃそこまで監督し切れないし」

「一緒にいきましょうよ」〝スクールティーチャー〟が〝ケミカル・エンジニア〟を誘う。「テレビもないモーテルの部屋になんか、もう一秒だっていられない、あたしは」

結局、〝ケミカル・エンジニア〟はボウリング組に加わることになり、F‐17とC‐2、それに〝コーンロウズ〟がリプリーの〝珍品博物館〟に向かうことになる。

引率するメンバーが三人なので、〝ミス農協〟タイプはセダン・タイプのパトカーを使う。F‐17が助手席。C‐2と〝コーンロウズ〟は後部シートにすわる。目の前にはドライヴァーを守る金網の仕切りがある。赤信号で停止するたびに、〝コーンロウズ〟は隣りのレーンに止まった車のドライヴァーたちに嬉しそうに手を振る。

博物館に着くと、〝ミス農協〟タイプは三人を自由行動にさせて、自分は携帯で母親と長電話をする――そこまでくる途中、あたし、来週には結婚するのよ、と三人に明かしていたので、その準備の相談なのだろう。

切符売り場には大勢の客がむらがっている。F‐17とC‐2は、〝コーンロウズ〟が子供たちへのお土産に各種のパンフレットを集めているのを幸い、なんとか二人きりになろうとチャンスをうかがう。館内は満員の盛況だった。ほとんど立錐《りっすい》の余地もないくらいで、親子連れの客が迷路のように入り組んだ通路沿いに薄暗い照明の展示物を見てまわっている――縮んで小さくなった干し首、鉄の女、双頭の牛の骸骨、巨大な女の埃まみれの蠟《ろう》人形……。ごった返す人ごみの中で、F‐17はC‐2を背後から引き寄せ、彼女の胸の下に手をまわす。そして薄暗い片隅でキスしようとしたとき、

「みーつけた」〝コーンロウズ〟が背後から近寄ってくる。

彼女を加えた三人は、背後にのけぞった頭蓋骨のレントゲン写真の前にさしかかる。細い白

光を口から呑み込んでいるかに見える頭蓋骨。じっと見ているうちに、それは剣を呑み込んでいる人物のX線像であることにC‐2は気づく。

「これ、本物だと思う、ドク?」〝コーンロウズ〟が訊く。

「本物のようには見えるね」F‐17は答える。「剣を呑み込むのは、一般に考えられているほど難しくはないんだ。うまくやるコツは、頭を可能な限り後ろにのけぞらせて口腔《こうくう》から喉を一直線に保つことなんだな。そして、舌をできるだけ前に突き出す。そこがいちばん難しいところかもしれない。そうやって、口腔から喉にかけて直線状の通り道ができると、剣も通りやすいわけだよ。それと、使用する剣もなるべくなまくらなやつがいいだろうね」

こんなに詳しい説明に時間を費やすのは、どうなんだろう?

二人がようやく〝コーンロウズ〟をまくことができたのは、彼女が小さな米粒に書かれた祈《き》禱《とう》の文句を読もうと顕微鏡を覗き込んでいるときだった。二人はがらんとした小さな劇場に飛び込んだ。スクリーンに映っているのは、この博物館の創設者、ロバート・リプリーの数奇な生涯を描いたドキュメンタリー映画だった。もったいぶったナレーターの声が奇怪な人生の断片を次々に語り、C‐2の太ももには彼の手が置かれ、彼女の脳裡にはヒトデの絵が貼られたプリウスの窓と焼け爛《ただ》れたベビーベッドの映像が入り混じる。すべてが渾然《こんぜん》となった暗い場内で、F‐17が耳元にささやく。

「きみを愛しているんだと思う、ぼくは」

そのとき、またも〝コーンロウズ〟が入ってきて、二人の隣りに腰を下ろす。そこには彼ら三人しかいないのに、彼女は声をひそめてささやく。「彼はね、あるとき、アメリカでいちばん人気のある男に選ばれたんだってよ」

「彼って、だれ？」Ｃ－２が訊き返す。

「だから、リプリーよ」

映画が終わって、スクリーンにはまた最初から映像が映される。三人は外に出て、〝凍りつく影〟の前にさしかかる。

「写真、撮ろうよ」と、〝コーンロウズ〟。

「何の写真？」Ｃ－２が訊く。

「あたしたちの影にきまってんじゃん」〝コーンロウズ〟は、ぶるぶると震える赤いボタンを押す。

閃光《せんこう》がひらめいて、Ｃ－２は一瞬目がくらむ。背後の壁には三人の影が映り、それは三人がその場を離れても〝凍りついて〟動かない。〝コーンロウズ〟の影は揺れている。Ｆ－17の影は、Ｃ－２のほうに手を伸ばしている。Ｃ－２の影は横顔のシルエットで、それは以前撮った老女優の写真に似ている。

いったい何をしているんだろう、わたし、とＣ－２は思う。

†

彼は二人の今後について話したがる。あの劇場できみに耳打ちしたことなんだが、きみはどう思っているのか聞かせてほしいな。

「この部屋で一緒にタバコを吸えるといいわね」

「ぼくは、きみを愛している、って言ったんだが」

その夜、二人はまだ交わってはいなかった。彼は服を着たまま寝具の上に横たわっている。暗がりで目がきかないまま、C‐2は手をのばして彼の顔を撫でる。

「気づいてるかな、きみがぼくの顔にさわるときって、必ずその後でいやなことを聞かされるんだ」

「そうだった？　暗がりの中であなたを見ようとすると、こうするしかないんだけど」

彼は身を起こす。二重のマットレスが低くささやくような音をたてる。「ティーンエイジャーの頃、ぼくは自分のにきび面《づら》がいやで、生涯ずっと暗がりで生きたいと思った。でも、そのうち、こういう面をしていれば、他人の視線は浴びないってことに気づいたんだ」

「どういう意味、それ？」

「きみはぼくを見たくないから顔にさわるんだよ」

彼は立ち上がって、出ていこうとする。

「お願い、まだここにいて」

「すこしでもぼくを好いてくれているのかな、きみは？」

「むかし、母に言われたの、愛していない男性とは決して寝るもんじゃない、でも一度しか寝ていない男性を愛してしまうことはあるだろう、って」

「ぼくらはもう十三回寝ているんだけどね」十四回目を逃したくなくて、彼はベッドに引き返してくる。

ポイント・オヴ・ノーリターンはもうとっくにすぎてしまった、とC-2は思う。ポイント・オヴ・ノーリターンは、いまやはるか背後の地平線上の一点として消え去ろうとしている。そこに立てば、事の全体像を俯瞰《ふかん》できるだろう。あらゆる可能性を示す描線が、そこから伸びていく。

でも、いったん額縁の外に飛び出した描線は、どこに向かうのだろうか？

月曜日の午前。C‐2は陪審員席についてから傍聴席に視線を走らせる。被告側証人尋問の初日に、バトラー家の面々の中でだれがアンカを支えにきたか、見届けたかったのだ。バトラー夫人がきているのは毎度のこと。その隣りに、きょうは夫のバトラー氏も姿を見せている。いかにも覇気がなく、意気消沈しているように見える。彼がこうして法廷に姿を見せたのは、予備尋問の日以来初めてだ。席はアンカの真後ろだが、娘のページボーイ・スタイルの髪を見ることもなく、天井を見上げたり、妻の横顔を見たり、アメリカ国旗に目を走らせたりしている。その隣りには、八十代半ば、金髪の祖母が陣取っている。彼女にはC‐2も見覚えがあった。これまでにも何度か姿を見せていたからだ。が、C‐2はてっきり彼女は〝見物客〟――あの〈ヴィレッジ〉からやってくる高齢の傍聴人たちに陪審員たちがつけたあだ名――の一員だと思っていた。

弁護人が最初に呼び出したのは、法医学精神科医だった。流行《はや》りのヘアスタイルの、いかにもアイヴィ・リーグ風のしゃべり方をする人物で、虚偽の自供の心理分析が専門だという。

「無実の人間が自供をする場合は」弁護人がたずねる。「原因として、罪の意識以外にどんな要因が考えられますか?」

精神科医はまず統計からはじめる。DNA鑑定によって無罪が証明された二百人の死刑囚のうち、虚偽の自供をしていた者は五十名にのぼったという。精神科医はベドーとレイドレットによるもう一つの研究をも引用する。それによれば、冤罪《えんざい》が立証された三百五十名の死刑囚のうち、虚偽の自供によって断罪されていた者が四十九名にのぼった。彼はさらに別の統計を持ちだす――無実なのに虚偽の自供をした者の三分の二は精神疾患があり、三分の一は知能指数が七十以下であり、三分の二は自供さえすれば家に帰れると思っていた。

C‐2の右側にすわっている〝チャーチ・レディ〟が大きな鼾《いびき》をかき、はっと目を覚まして居ずまいを正す。

「虚偽の自供は三つのカテゴリーに分類できます。自発的な虚偽自供、強要された虚偽自供、そして内面化された虚偽自供、この三つですね」精神科医はつづける。彼は三つのカテゴリーを、専門用語をまじえた、まわりくどい難解な表現で定義する。

〝チャーチ・レディ〟がまた舟をこぎはじめた。C‐2は、彼女がそのまま目を覚ましそうにないのを確かめて、そっと肩をゆする。

「あら、どうしたのかしら、わたし?」〝チャーチ・レディ〟は目を覚まして言う。「でも、眠っていたわけじゃないのよ。ちょっと、ぼうっとしちゃって」

精神科医は無実の人間が自供する理由を列挙してゆく――妄想、人の注意を引きたいという病的な願望、良心の負担を取り除きたいという突発的な衝動……。その途中で、〝チャーチ・レディ〟がまた眠り込んでしまう。

これでは、またこっそりと起こしても無駄だろう。C‐2は片手を上げて廷吏の注意を引く。

審理の進行を妨げないよう、C‐2は手すり沿いに近寄ってきた廷吏の耳にそっとささやく。「いったん休憩にしたらどうかしら？」〝チャーチ・レディ〟のほうにさりげなく顎をしゃくってみせた。〝チャーチ・レディ〟はとろんとした目で懸命に睡魔と戦っている。

廷吏は裁判長のほうに近寄っていく。何か重大な内緒話をしようとするかのように、裁判長はマイクを手で覆い、廷吏は自分の口元を手で覆う。裁判長はちらっと腕時計に目を走らせる。「みなさん、すこし早めの昼食にしましょうか」裁判長は言い、〝チャーチ・レディ〟のほうを向いて、「食事は軽めにね」

昼食のあいだ、〝チャーチ・レディ〟はわざと目立つように料理――マカロニとビーン添えのフライド・ポーク――をつつく。ウィンドウの外でタバコを吸っていた〝コーンロウズ〟、F‐17、C‐2の三人が、それをガラス越しに見ながら語り合う。

「審理がはじまってからずっと居眠りしてるんですもの。悪いことしちゃったかな」C‐2が言う。

「いや、あれでよかったのさ」と、F‐17。

「あの人ね、背中が痛くて昨夜はぜんぜん眠れなかった、って言ってたもん」〝コーンロウズ〟が言う。「あの人、ボウリングのほうにいったじゃん、それで背中を痛めちゃったんだってさ」

昼食後、〝チャーチ・レディ〟は蓋をしたコーヒーのカップを手に法廷にもどってくる。廷吏の許しを得て、カップを陪審員席にまで持ち込むが、どこに置いていいのかわからない様子。

「カップホルダーがないなんて、まったく」だれにともなく彼女は言う。

証言台にはさっきの精神科医がもどってきて、裁判長から、最初の宣誓はまだ生きているんですからね、とくぎを刺される。検察官が反対尋問を開始する。彼は肥満体のわりには精力的で、証言台の前を行きつ戻りつする。ピカピカに磨かれた靴がやけに目立つ。

「では、お得意の統計を紹介してもらいましょうか」と、検察官は精神科医に言う。「虚偽の自供をした者たちの何割くらいが睡眠不足の状態にありましたか？」

「七十五パーセントくらいでしょう」

「警察によるアンカの尋問は、どれくらいつづきましたか？」

「それは警察の報告書を見てみないとわかりません」

「一時間も要してないんじゃありませんか？」

「そうですね」

〝チャーチ・レディ〟がまたこっくりしはじめる。彼女が舟をこぐさまを、C‐2は視野の片隅でとらえる。裁判長もそれに気づき、審理を中断させて、四番陪審員を起こすように廷吏に命じる。陪審員席に近づく廷吏の足音が、廷内にカツカツと響きわたる。大きく一度咳払いしてから、廷吏は呼びかける。「四番陪審員」

はっと身を起こした〝チャーチ・レディ〟に、廷内のすべての人間の視線が集中する。

裁判長は特に彼女を名指すことなく陪審員たちに語りかける。「あなた方は証拠に基づいてこの事件の審理にあたると誓いました。である以上、注意力を最大に発揮して証拠の吟味にあたらなければなりません。しかし、遺憾ながらその義務を怠っている方があなた方の中にいるようです。その義務に従うことが困難だと感じている方は、この中にいますか？」手を上げる者がだれもいないと見て、裁判長は〝チャーチ・レディ〟に話しかける。

「あなたはすべての証言に注意を払っていましたか？」

「はい」

「証言の最中に眠ったりはしていませんでしたか？」

「わたし、目は閉じていても、ちゃんと聞いていましたよ」〝チャーチ・レディ〟は答える。「家でオーディオ・ブックを聞くときなんかも目を閉じているんです」

被告側、検察側、双方が協議を求める。弁護人、検察官は直ちに話し合いをはじめるものの、それは単なるポーズであって、裁判長、弁護人、検察官が協議の末同意に至ったと陪審員たちに知らせるための、いわばお芝居なのだ。C-2の目にはそう映る。

やがて裁判長が言い渡す。「では、四番陪審員を罷免することにします」

呆然《ぼうぜん》とした顔のまま、〝チャーチ・レディ〟は廷吏に伴われて法廷を去ってゆく。

〝補欠男〟がC-2の隣りの席に移り、彼女に向かって片目をつぶる。彼はこれで正式に六人目の陪審員になったのだ。

†

その日の午後、さらに二人の被告側証人が証言台に立つ。一人は自閉症が専門の精神科医。もう一人は放火事件の専門家で、検察側の放火事件専門家の証言をことごとく否定する。この調子でいくと被告側の証人尋問もほどなく終了するだろう。被告側にとっては、他にどんな証人が残っているだろう？　人の性格に関する証人？　アンカの母親？　しかし、彼女は被害者であるケイレブの母親でもある。こうして事実審理はやがて終了し、C‐2がF‐17に会う機会も断ち切られることになる。被告側の放火事件専門家が、火事の原因について検察側とはまったく異なる見解を述べる。悲劇を説明するその口調は単調で重苦しい。彼の見解では、火事はステファーナの部屋で起きた。子供部屋にまかれた塗料用のシンナーは、真実から目をそらせるための工作にすぎない。シンナーは効果的な燃焼促進剤とは言えない。

「被告の睫毛が焦げていたことは、何を意味するのでしょう？」被告側弁護人がたずねる。

「それは、放火したのがアンカではないことを証明しています。睫毛は炎によってではなく、熱気によって焦げたのです。もし、燃焼促進剤で盛大に炎が上がっていたという放火現場にアンカがいたとしたら、睫毛のみならず、眉毛や頭髪まで焦げていたはずです」

C‐2はアンカのほうを見やる。彼女の睫毛はブロンドで、ほとんど透明に近い。

反対尋問の番になると、検察官は質問をたった一つに絞る。

「アンカの睫毛の法医学的検査が行われたのは、出火後どれくらいでしたか？」

「二週間です」

検察側は睫毛の検査の信頼性に疑問を投げかけたのだ。

弁護側がすぐに反論に移る。

「睫毛の再生サイクルは、ふつうどれくらいですか？」

「四週間から八週間です。それから休止期があって、これがだいたい百日はつづきます。別の言い方をすると、仮に睫毛が抜け落ちたとしても、元の状態にもどるまでにはすくなくとも四週間を要するということです」

「ということは、睫毛の法医学的検査が行われたのが出火後二週間たってからだったとしても、焦げた睫毛の状態には変わりなかったということですね？」

「それがわたしの見解です」

「尋問を終わります」

†

カチッ、カチッと、金属と金属がぶつかり合うような音が聞こえる。氷の自販機の音だろうか？　ひょっとして雷？　近くの高速道路での事故？　音がやんだ。と思うと、またカチッという音。そのときになって、音の正体がわかった。彼の腕時計の音だ。それはいま、C－2の耳元で時を刻んでいる。

二人は交わりを終えたばかりだった。

二人にとっての最後の夜。明日は最終弁論がひらかれ、それが終わると陪審員による評議に移る。その段階になってもベッドを共にするのは、やはり倫理にもとるだろうという点で、二人の考えは一致していた。

「約束してくれないか、裁判が終わってからも会ってくれるって」

「それは無理よ」

「つまり、会えないのか、会いたくないのか、どっちなんだい？」

彼はベッドを降りて、無言のまま服を着る。せめて自分をきつく抱きしめて、キスしてくれればいいのに、とC - 2は思う。夫ならこういう場合、そうしてくれただろう。

検察官の論告の中で、出火に至る一連の出来事を述べるくだりに、C－2は違和感を抱く。それは彼の論旨に穴がなさすぎるせいだろうか？　彼の声音に独善的な気味があるせいだろうか？　彼の強調する論拠、排除する見解に妥当性を見いだせないせいだろうか？　自分がつい反感を抱いてしまうのは、あの自信たっぷりの挙措のせい？　それとも、ピカピカに磨かれた靴のせい？　考えるうちにC－2は、どうしても検察官を信頼できない明白な理由があるのに思い当たる。彼は一貫して事件の推移を現在形で語るのだ。アンカはおむつにシンナーをふりかける。アンカはマッチをする。そうして彼は、原因と結果を徹底して排除する。省察の余地を与えない。〝なぜなら〟という接続詞も決して使わない。だから彼の陳述はあの晩とそれ以降のアンカの行動の断片的な羅列にすぎず、それもメモを見ながら読みあげてゆく。アンカは犬小屋に隠れる。アンカは拘引されて一時間後に自供する。そうして論告は結末に至るのだが、動機に関する正式な言及はまったくない。これならパトリシア・ハイスミスの短編の結末のほうがずっと受け入れやすいとC－2は思う。あの短編では、犯行の動機は主人公が雇い主に好かれたいためだったということがちゃんと示されているのだから。

被告側弁護人は、検察官とは対照的に、メモには一切目をくれることなく流暢《りゅうちょう》に最終弁論を展開してゆく。「ゴールド博士の証言によれば、双子の姉妹の一方が支配的に振舞い、他方がそれに服従するのは決して珍しいことではありません。健全な双子の相互関係にあっては、一方が、たとえばスポーツなどの行動面で支配的に振舞い、他方が学問や社交など精神面で支配的に振舞うようです。けれども、双子の不健全な相互関係においては、一方が行動面でも精神面でも支配的に振舞うのです。それが男の双子の場合、支配、被支配の関係はもっぱら行動面に表れます。それが女の双子になると、支配する側は行動面のリーダーシップをとるのみならず、支配される側の精神的な代弁者にもなるようです。アンカとステファーナの、誕生後四年間の歳月については詳細にはわかっていません。その時期の医学的記録が一切ないからです。ただ、誕生時の記録は残っていて、ステファーナの誕生時の体重が約二千七百グラムだったのに対し、アンカのそれは約千二百グラムでした。かなり低い数字です。この低い数字は、誕生後の従属性を暗示しています。双子がまだ子宮内にあるときから、その一方が胎内運動の主導権を握ることがあるのはゴールド博士の説明されていたとおりです。アンカの自供は強制されたものでした。しかし、強制したのは警察ではなく、双子の姉のステファーナだったのです」

この日の審理中、C‐2はステファーナの挙動に注目していた。ステファーナは母親の隣りにすわっているのだが、この日のバトラー夫人は裁判がはじまって以来初めて希望を抱いているように見えた。と同時に、そうして希望を抱くこと自体を深く恥じているらしいことも、C‐2は見逃さなかった。ステファーナは終始母親の手を握っている。被告側弁護人の弾劾などどこ吹く風といった様子だった。

アンカがその日三つ目のチョコレート・バーに手をのばす。

それを見てステファーナは大げさにため息を洩らし、母親の体をつついて、アンカがチョコレートを食べようとしていることに注意を向けさせる。バトラー夫人の顔に浮かんでいた希望の色はたちまち消え失せ、ステファーナの顔に喜色がひろがる。

C－2は確信する――火をつけたのはステファーナではなかったかもしれない。でも、彼女が完全にシロだとは言えないだろう。

†

「いいですか、被告が無罪ではないと判定する場合は、第一級殺人（計画性のある殺人）か第二級殺人（計画性のない殺人）、もしくは――そのいずれも該当しない場合――それより軽い容疑、故殺《こさつ》で有罪とすることができます」裁判長が陪審員に説示する。金曜日の午後だった。「この三つの罪名を分かつものは、殺人の意図の有無です。法律は、だれかを意図的に殺すことを、当初からの意図がなく殺した、もしくは無思慮に殺した場合より悪質と見なします。〝邪悪な過失（結果的に何が起ころうとかまわないと思って犯す過失）〟と〝認識のある過失（結果的に深刻な事態がもたらされるだろうと承知の上で犯す過失）〟とは異なります。アンカは〝邪悪な過失〟で有罪だと陪審が見なす場合は、計画性がなかったと見なすわけですから、第二級殺人で有罪と判定することになります」

罪科に関する大雑把な説明を行い、その一覧表を配布した以外、裁判長はこれから始まる陪審員の評議に向け特段の指示はしなかった。午後二時、陪審員たちは陪審員室にさがる。これから評議がはじまるのだ。

最初にF‐17が口をひらく。「ぼくは前にも陪審員をつとめたことがあってね」それを聞いて、C‐2はびっくりする。そんな事実をF‐17が明かしたことは一度もなかったからだ。

「そのときの体験では、こういう場合、まず陪審員長を選ぶことからはじめるんだ」

「あたしはドクを推薦するな」すかさず〝コーンロウズ〟が言う。

「賛成」と、〝スクールティーチャー〟。「じゃ、挙手で決める？」

C‐2はためらう。先日の晩、裁判が終わってからも会ってくれ、というF‐17の願いを彼女が拒んで以来、F‐17の態度には歴然とした変化が表れていた。彼女をつとめて避けるようになって、顔を合わせてもことさらよそよそしい態度をとるようになったのだ。彼が陪審員長になって、このうえ新たな権威を手にするのは、歓迎すべきことなのかどうか。

みんなが彼女の賛否を待っている。

C‐2がとうとう手を上げて賛成すると、F‐17はテーブルの首座の位置に移る。それは妙に儀式ばった行動に映ったけれども、彼はただ単純に自分のそばを離れたかったのかもしれない、とC‐2は思う。二人はそれまで向かい合ってすわっていたのだ。

F‐17はおもむろに口をひらく。「最初にみんなで罪名のおさらいをしようじゃないか。それぞれの区別がはっきり頭に入るように」

すると〝補欠男〟がラミネート加工の一覧表をかかげて言う。「おさらいなんぞ必要ねえぜ、ドク。この早見表を見りゃばっちりさ」

早見表にはこうまとめられていた。

第一級殺人（あらかじめ計画された、意図的な殺人）
第二級殺人（殺意を持って殺したが、計画性はない）
第三級殺人（〝邪悪な過失〟による殺人）
故殺（〝認識ある過失〟による殺人）

「最初に有罪か無罪かの投票をしてみない？」〝スクールティーチャー〟が提案する。

「そいつはいいや。それがはっきりすりゃ、今夜にも家に帰れるかもしれねえもんな」〝補欠男〟が賛成する。

「いや、家に早く帰れるように結論を急ぐのはどうかな」とF‐17がたしなめる。「まずはどの罪名が適当か、投票することにしないか」

「そいつは後でいいじゃねえか。まずは有罪か無罪かを決めるこった」と、〝補欠男〟。

「それに賛成の者は？」F‐17が訊く。

C‐2はF‐17と同じく、最初にどの罪名が適当かを話し合ったほうがいいと思っていたのだが、有罪か無罪かを最初に決めたいという願望が大勢らしいので、それに自分も賛成する。

F‐17は法廷から供与された特別なメモ帳の六ページ分を丁寧にちぎり、一枚ずつ全員に配る。それからハーシーのチョコボールのガラス壜の中身をあける。そこに各人が有罪か無罪かを記した紙を二つ折りにして投じると、F‐17は壜をゆすって中の紙をかきまわす。どの紙がだれの書いたものか、わからなくするためだ。

彼はガラス壜から紙をまとめてとり上げ、書かれたものを黙読してゆく。そんなふうにして、わざと緊張を高めたりする必要はないじゃない、とC‐2は思う。が、F‐17の真剣な表情を見て、それも仕方がないか、と考え直す。

F‐17が結果を発表する。「有罪四票、無罪二票」

C‐2は自分たち共通の意思を確かめ合いたくて、彼の目をとらえようとする。個人的にはああいうことになったけれど、ここは二人で協力して他の連中を説得し、無罪判決という方向になんとかもっていかなければ。さもないと〝評決不能陪審〟ということになってしまう。ところが、F‐17は新たな権威にのっとって、別の方策に訴えようとする。

「じゃあ、自分がどっちに投票したのか、順に言ってくれるかい？」

「あたしはいや」と、〝コーンロウズ〟が言う。でも、他のみんなが自分の投票内容を明らかにすれば、きみがどっちに投票したかも消去法でわかってしまうんだぜ、とF‐17が説明する。それでもいや、と〝コーンロウズ〟は拒む。

「最初に自分から言っちゃうのはいやなんだ」

「いいわ、じゃあ、あたしが最初に言う。有罪」〝ケミカル・エンジニア〟が口火を切る。

「有罪」と、〝補欠男〟。

「有罪」〝スクールティーチャー〟がつづく。

「無罪」C‐2は言う。

次はF‐17の番だった。

「有罪」

まさか。驚きのあまりC‐2は呆然としてしまい、他の陪審員たちが凍りついた影に見えてくる。吸音仕様の天井の格子柄を照らす眩《まばゆ》い蛍光灯の明かりの下、テーブルにはいま彼ら二人しかすわっていないかのようだった。

F‐17の目は苦痛に満ちている。が、その瞳は早くもこわばって不遜な色をたたえはじめる。

「自分がなぜそういう投票をしたのか、説明したい者はいるかい？」F‐17はみんなに訊く。

が、その目はじっとC‐2に据えられている。

「あなたからはじめれば」C‐2は言う。

「わかった」F‐17は答える。「理由は、アンカ自身が自供しているからだよ」

「あの自供は信じられないわ」

「どうして？」

「カメラが、尋問者である刑事にとって有利な位置に配置されていたから。焦点が終始アンカの顔に絞られていたし」

「だって、尋問されているのはアンカだったわけだし」

「あの手の、周囲の状況から切り離されたクローズアップは、間違った印象を与えやすいの。

早い話、そのとき刑事は見えないところで拳銃をかまえていたかもしれないじゃないの」

「じゃ、刑事は拳銃をアンカに突きつけて撮影していたというのかい?」

「もちろん、そんなことはなかったでしょうよ。わたしはただ、写真や動画は必ずしも真実を伝えない、と言っているだけ。つまり、わたしたちはただ、撮り手がこう見てほしいと願っているものを見させられているにすぎないってこと。こんどのケースの場合、撮り手が同時に尋問者だったわけだし」

「でも、あのときはだれもアンカに手を触れたりしてないんだぜ。尋問されていた時間も一時間に満たなかった。所持品をとりあげられたりもしていなかった。デスクの上には彼女の飲みかけのコークの缶もあったし。それとも、あれは警察が自然さを装うための偽装工作だったとでもいうのかい?」

「ともかく、わたしは日頃カメラの背後に立って暮らしを立てているの。カメラの背後では、何が行われていても不思議じゃないのよ」

「推測は事実そのものではないからね」F-17は言って、〝スクールティーチャー〟のほうを向く。「じゃあ、つぎ、あなた」

「あたしが有罪に投票したのは、パトリシア・ハイスミスの小説が念頭にあったから」〝スクールティーチャー〟は言う。「アンカはあの小説を、家に火をつけるための指南書に使ったと思うのよ」

「でも、アンカがあの小説を実際に読んだかどうかは、検察側も立証してないんじゃない」

C‐2が反論する。

「発言は自分の番になってからにしてくれ」F‐17が言う。

次は〝ケミカル・エンジニア〟の番だった。

「あたしは、第二級殺人に一票。あの火事では燃焼促進剤が使われたということと、それが家中にまかれたという事実は、犯人の知能指数が低く、しかも絶望的な精神状態にあったことを示しているんだと思う。それが〝邪悪な過失〟によるものか、計画性があったのか、という点についてはまだ考えがまとまってないんだけど」

「有罪」〝補欠男〟が言う。「ティムとステファーナは、どこにでもいる可愛らしいガキどもだと思うぜ。それに、被告側が焦げた睫毛にこだわるのも気に入らねえんだ。おれはしょっちゅうゴミ屑《くず》を燃やしてるけど、睫毛には何の問題もねえしさ」

「無罪」〝コーンロウズ〟が言う。「あたしとしては、一回目の投票から有罪に票を入れたくないのよね。アンカが無罪だという点については、合理的な疑いを持ってるんだけど」

「犯罪事実に対して合理的な疑いを抱くということは、無罪を意味しているんじゃない」C‐2が言う。

するとF‐17が、

「合理的な疑いを抱くということは、その人の精神状態を表しているんだろう」

「合理的な疑いというのは、無罪か有罪かを判定するときの証拠基準だわ」C‐2が言う。

「われわれはまだ証拠の議論を終えていないのに、きみはもう法律用語の討議にもっていきたいのかい？」

「わかった、あなたは最終判断を急ぎたくないわけね」

†

その夜、夕食をレストランでとりたがる者は一人もおらず、モーテルの各人の部屋にピザが届けられる。

ドミノ・ピザの配達員がC－2の部屋のドアをノックしたとき、彼女は入浴している最中だった。

「部屋の前に置いといて」浴槽の中から彼女は声をかける。

入浴を終えてピザの箱を部屋に持ち込み、蓋をあけてみると、ピザの表面にはペパローニが散らしてある。これを注文した覚えはない。ドミノの配達員をつかまえようと、ガウン姿で慌てて外に飛び出そうとしたとき、〝補欠男〟がぼやいている声が聞こえる。「ちぇ、おれはペパローニを注文したのによ」

明日の朝あの男と顔を合わせたら、ウィンクしてやろう、とC－2は思う。向こうはわけがわからず、キョトンとするだろうけれど。

ピザは結局さめてしまう。食欲がまったくないのだ。いまC－2の頭に渦巻いているのは、まさか彼が有罪に投票するなんて、という思いだった。自分はどうして彼のことをこれほどまでに見誤っていたのだろう？　人間ってこれほどに理解しがたい動物なのだろうか？　あの美しい足の持ち主のことを、どんな人間だと思い込んでいたのだろう、わたしは？　これがもし二人の情事と関係があるのだとしたら、責任は自分にある。情事を終わらせたのは自分なのだから。彼の不機嫌そうな態度は、怒りや苦悩の表現なのだろうか？　それは間違いないと思うのだが。そしていま、自分はどうして彼と話し合うのを躊躇《ちゅうちょ》しているのか？　どうして彼は、あれほど自信たっぷりに有罪を主張するのか？　一晩中考えていたんだ、きみのことを、と、彼は以前言っていた。本当は裁判のことを考えなきゃいけないんだろうけど、と。自分自身は、アンカは無罪、と確信しているわけではない。もしかして、彼のほうが正しいのだろうか？　合理的な疑い、とは精神の状態、それ以外には考えられない精神の状態なのかもしれない。

　ピザを捨ててしまおうとする前に、そうだ、野良猫たちにあげよう、と思いついてC-2は手にとる。プールサイドの二脚のデッキチェアには、それぞれトラ猫とタキシード猫が寝そべっていた。そこに近づいていくと、F-17に声をかけられる。

「きょうは最低の振舞いをして悪かったよ」彼は言う。「きみにはきみなりの意見を表明する権利があるんだから」

　タバコを差し出してくる。プールの底のライトが放つ朧《おぼ》ろな光では、彼の表情を読みとるのは難しい。下からの照明を浴びると、だれしも朦朧《もうろう》とした顔に見えるものだ。こちらのタバコに火をつけるとき、彼がいつまでもマッチを持ちつづけているので、ふっと吹き消してやる。はっきりとは言えないけれど、彼はいまにも泣きだしそうな顔をしている。周囲にはだれもいない。C‐2がそっと彼の顔に手をのばすと、その手は邪険に振り払われる。

「大げさなことを言うのは、なるべく控えたほうがいいと思うんだ」

「どういうこと？」

「アンカを尋問したとき刑事は拳銃を突きつけていたかもしれない、とか」

「あれは、そういう可能性を示唆したんじゃなく、画面に映っていないものの一例としてあげただけだわ」

「そういうニュアンスが伝わらない陪審員もいたかもしれないし」そう言い残して彼は立ち去り、C‐2は独りタバコをくゆらせる。

†

翌日、朝食代わりのコーヒーとベーグルが用意されている陪審員室で、C‐2は、アンカが自供しているビデオをもう一度見たい、と要求する。

それに対して裁判長がメモを送ってよこし、F‐17がそれを代読する。「あなた方にビデオを再見してもらおうとすると、法廷は被告側弁護人と検察官に加えて、何人かの法廷スタッフを召集しなければなりません。きょうは週末なので、それには時間を要します。陪審員の方々は、最初にビデオを見たときの記憶をもう一度呼びもどしてもらうわけにいきませんか？　再度ビデオを見ることがどうしても必要ですか？」

「あたしは見なくたっていいわ」〝ケミカル・エンジニア〟が言う。「あたしの判断は科学に基づいているから。出火元は子供部屋に間違いないんだし、当時その部屋にいたのはアンカ一人だったんだもの」

「あなた自身、そう言ったじゃない」〝スクールティーチャー〟がC‐2に向かって言う。「カメラの背後に何があったのかはわからない、って。何度見たってわからない、ってことよ」

「もう一度自供のビデオを見たい者は？」F‐17が呼びかける。

手を上げた者はC‐2しかいない。

F‐17はうんざりした顔で、裁判長への返答をメモに書き記す。記述はメモ用紙の半分に及んでいる。

裁判長からの返答は敏速だった——陪審員は評議をいったん中止してビデオをもう一度見るように。

C‐2はみんなから除《の》けものにされたかたちで、ソファに一人すわっている。そこに〝スクールティーチャー〟が近づき、C‐2にのしかからんばかりに身を寄せると、聞こえよがしの声で言う。「わかってるんだ、あなたがどうしてそういう態度をとるのか」

「わたしはただ、十代の女の子を刑務所に送る前に、もう一度証拠を確かめたいと思って」

「ううん、あなたがそういう態度をとるのは、ボーイフレンドと喧嘩したからよね」

†

陪審員たちがビデオを見るべく法廷にもどったときは、午後二時をまわっていた。すでにモニター・スクリーンが設置されていた。

開廷を宣言する前に、裁判長は被告側弁護人がその夫と思われる男性に何か指示し終えるのを待つ。その男性は火がついたように泣いている赤子を抱いている。きょうは半ズボン姿で黒い礼装用ソックスとテニス・シューズという出《い》で立ちの検察官は、デスクの下に隠した携帯でどこかにメールを送っている。

ビデオがはじまる。尋問室にはアンカしかいない。彼女の頭がゆっくりと回転して、部屋に入ってきた太っちょの刑事のほうを向く。彼の姿はすぐに画面から消える。刑事からの問いかけに対して、舌足らずな口調で、はい、と答えるアンカ。やがて、アンカの口から初めてまとまった言葉が洩れる。

「あたしがやりました」

「何をやったんだい?」刑事が訊く。

「あの子を殺しました」

C‐2には、この断定的な供述を聞いた覚えがない。きみが弟を殺したんだろうと責め立てる刑事に対して、アンカが、はい、と答えた場面は覚えている。が、アンカが、〝あの子を殺しました〞とはっきり認めた場面は見た覚えがない。どうしてこんなに重要なシーンを見逃したのだろう？　答えはわかっている。前回このビデオを見たのは、F‐17と二度めのセックスをした翌日だったのだ。

「もう一度最初から見せてもらえます？」C‐2は裁判長に頼む。

「それは陪審員全員の要望ですか？」

陪審員長のF‐17がみんなを代弁して答える。「いいえ、その必要はありません」

陪審員室にもどると、F‐17があらためて訊く。「いま、アンカの自供シーンを見直したわけだけど、どうだろう、考えが変わった人はいるかい？」

〝コーンロウズ〞が手を上げる。「あたしは最初無罪に投票したんだけど、有罪に変えるから」

「それは、どういうわけで？」F‐17が訊く。

「デスクにコークの缶があったじゃん。最初に見たときは、あれに気がつかなかったんだよね。あたしもコークは好きなんだけど。きょう見たら、アンカは特別怖がっているふうでもなかったし。あのとき、もし刑事が拳銃をかまえていたんだったら、コークを飲んでる余裕なんかないだろうしさ」

「もう一度投票し直したらどうだい？」と、〝補欠男〞。

「その前に、ステファーナとティムが関与していた証拠について話し合うべきじゃない？」C‐2が言う。

するとスクールティーチャー〞が、

「証拠って、どんな？」

「たとえば、ティムが着ていた服には燃焼促進剤がふりかかっていなかったかどうか、だれも調べていないという事実があるでしょう。それと、アンカの日記に、ステファーナの筆跡で犯罪計画が記されていたという事実があるわよね」

「あれはさ、だれかの小説をただ書き写していたんだよね」〝コーンロウズ〟が言う。

「あんたはまだアンカの自供を疑ってるの？」〝ケミカル・エンジニア〟がC－2に訊く。

「裁判長に、評決不成立だって言おうや」

〝補欠男〟がぼやくと、F－17が言う。

「いや、それはまだ早いよ」

†

その晩、C－2は裁判のあいだに書き留めてきたメモを読み直してみる。最初のページ。彼女はだれかに愛されている。なぜこういうことを書いたのだろう？　自分の中にひそむどんな欲求からこういう文章が浮かびあがったのか？　被告は一分間に六十八回まばたきをする。アンカの頻繁なまばたきは、F－17が示唆したように、白昼夢を見ていたせいなのだろうか？　ということは、焼け爛れたベビーベッドの写真が陪審員たちの手から手へとまわっているあいだ、アンカは白昼夢を見ていたことになるのか？　被告の本当の動機について、検察側はつかみきれていない。人間の行動の裏には必ず確たる理由があるものだろうか？　人間が衝動的な行為に走るときは必ず理由がある、という説に、Ｃ‐２はこれまで与《くみ》したことはないのだ。それなのに、なぜこの件に限って、何らかの理由があるはずだと思うのだろう？　いまは頭が混乱していて、自分を見失っているせい？　いまは何であれ理由があってほしいせい？　他者に同情的になることで、夫を裏切った罪悪感をすこしでも和らげたいせい？　自分が歳をとりすぎないうちに、あと一度だけ浮気をしたかったせい？　そうしてできた愛人と喧嘩をしたせい？　どうして自分は、無表情な女の殺人犯でも人を愛する能力があるなどと思ったのだろう？　メモ用紙の次の書き込みを見て、納得がいった。

わたしには恋人ができた！

第二部

「で、どうだったんだい、陪審の評決は？」彼女の夫がたずねる。

裁判所の五十キロ南にある、雑草の生い茂った駐車場。いまは〝幽霊モール〟も同然の廃棄されたモール。その駐車場で、夫は車をアイドリングさせたまま一時間ほど彼女を待っていてくれていた。評決の結果が読みあげられた後、アンカは何の反応も示さないまま二人の女性保安官代理に挟まれて法廷を去っていった。その後陪審員たちも法廷から追い出され、何の標識もないヴァンに押し込まれて、〝これからどこに向かうかは言えませんが、そこに、あなた方のご家族やお友だちが待っていますから〟と告げられたのだった。

「有罪よ」ハンナは答える。

そこから車二台分離れた場所には〝オイズ・マーケット〟という古びた看板があって、路面にあいた小さな陥没孔のわきで、他の陪審員たちがお互いの電話番号を交換したり、これからも連絡をとり合いましょうよ、などと話し合っている。ハンナの電話番号を教えてくれと言う者は一人もいない。あの陪審評議以来、彼女はのけ者にされてきたのだ。F‐17を迎えにきているのはどんな人間か気になって、ハンナはそちらのほうに視線を泳がせる。だが、彼の乗り込んだヴァンはまだ到着していなかった。

ハンナがそれ以上の説明をしないので、夫はたずねる。

「罪名は？」

「第二級殺人」

「故意によるものか、〝邪悪な過失〟によるものか」

「〝邪悪な過失〟のほう。そもそも被告には計画能力などなかったんだから。ましてや予謀《よぼう》の能力なんか」

車は自分に運転させて、と彼女は頼む。この三週間余り車から離れていたので、運転が恋しくなっちゃったのよ。だが、彼女の本心が別にあることは夫も承知している。近頃とみに視野が狭くなっているうえ、足元もおぼつかない夫に運転は任せられないというのが彼女の本音なのだ。ハンナは高速道路と高速進入路のあいだにすっぽりおさまっているスーパーの駐車場に車を乗り入れる。パーラメントのパッケージを手に店から出てきた彼女を見て、夫が言う。

「おまえ、またタバコをはじめたのか？」

これでもかと言わんばかりに品物があふれているスーパーの棚から夕食の食材を選びながら——新鮮な果物や野菜を目にするのは三週間ぶりだった——ハンナが何よりほしかったのはタバコだったのだ。

「卵まで必要かい？」三週間も家で一人きりだったのに、夫が訊く。

選んだ品がベルトで運ばれてゆく精算ラインに立ったとき、ハンナの目は新聞のラックに並ぶタブロイド紙の一面に吸い寄せられる。『ＯＫ！』誌の表紙の右上部を占めている写真。フード付きパーカを着込んだステファーナがこっちを睨み返している。〝嘘がバレバレ〟と見出しにはある。

「こんどの裁判、マスコミではどれくらいとりあげられたの?」ハンナは夫に訊く。

「なにせここはフロリダだからな」

ハンナは雑誌を手にとって、本文の記事を読んでみる。それによると、ステファーナはあの火事の前の三月に、母親の高価なブローチを質屋に持ち込んで換金しようとしたらしい。どうしてこの事実が陪審員には伝えられなかったのだろう? あらためて表紙に目を走らせる。この号は陪審評議が開始された後で発行されている。記事中には、問題のブローチはステファーナの祖母からステファーナに与えられたものです、とステファーナを擁護するバトラー家の声明も紹介されている。バトラー家に近い筋が『OK!』誌に語ったところでは、バトラー夫人はもう一人の娘の収監を阻むために全力を尽くす覚悟らしい。これを書いた記者は結論として、〝裁判にかけられるべきは別の双子のほうではないのか〟としている。

「そういう見方が大勢なの?」ハンナは夫に訊く。

「その線で煽《あお》ったほうが売れ行きも伸びるだろうからな」

久々の帰宅。食料品を車から降ろして、一週間は優にもちそうな量を冷蔵庫に詰め終わると、夫が言う。「ようし、どっかに食べにいこうや」

家から出ようとするとき、丸めた寝具がソファにのっているのにハンナは気づく。

「だれか、お客さんでも泊まった?」

「ジミーだよ。実はおまえを心配させたくなかったので言わなかったんだが、おれはちょっとした発作を起こしてな。脚の力が抜けて動かなくなってしまった。で、ジミーの車で救急医療室に運ばれたんだ。医師の話だと、一過性脳虚血発作というやつだったらしい。たいした発作じゃないから、心配要らん。ただ、医師はこうも言ってたな——もしおれがめまいを起こしたり、話すときにろれつがまわらなくなったりしたら、すぐ精密検査を受けたほうがいいと」

夫は笑ってみせた。が、その笑みはこわばっていて、喜びの発露というより死後硬直に近い。

「どうだい、いまこうやって話していて、おれの唇は両端が同じように吊り上がっているかい？それも一つの目安になるらしいんだ」

こうなると、もし夫が真夜中に目を覚まし、意識が朦朧《もうろう》としてめまいの症状を訴えたりしたら、いままでのように水とアスピリンを用意するだけでは足りず、あなた、ちょっと笑ってみて、と促さなければならない。

壮年の頃と比べると別人のような老人がリビングの明かりを消す。

その晩赴いたインド料理のレストランで——ハンナはもう何日も、香辛料の妙味を味わっていなかった——夫はたずねる。「で、結局どういうわけであの女はああいうことをしでかしたんだ？」

「小説なんかでは登場人物がちゃんとした動機に駆られて行動するんだけど、現実に起きる出来事は必ずしもそうじゃないのよね。だから小説はフィクションと呼ばれるんだろうけど。現実の世の中では、人間って、まともに説明できないような行動に走るんだわ」

「互いに嘘をついたり騙《だま》したりしてな」夫は言う。「しかし、いくらなんでも乳児を焼き殺したりはしないだろう。検察官は何が動機だったと言ってるんだ？」

「ねえ、話題を変えない？」ハンナは言う。

夫の顔には傷ついたような表情が浮かぶ。人里離れた湖畔の家に終日こもって回顧録など書いていれば、どうしたってそういう事柄に興味が向くのかもしれない。いまのハンナはそれに付き合いたくはなかった。

「検察官は、はっきりした動機を示さなかったの」

「そいつはかなりきわどい作戦だったんじゃないか」

「精神が不安定な人間に、はっきりした動機を授けるのは無理なんじゃない」

「どうして弁護側は、心神喪失を申し立てなかったんだ？」

「そこまでひどくはなかったからでしょう、精神状態が。ねえ、裁判の話はしたくないんだけど。この三週間、そのことでばっかり頭を使っていたから」


裁判の話はやめようと申し合わせたにもかかわらず、二人はその晩、午後七時のテレビ・ニュースに見入る——トップの話題はやはりこんどの裁判の評決だった。画面でしゃべっているのは暑熱対策にパウダーを顔に塗りたくった、大学を出たての女子アナで、天気予報担当から犯罪レポート担当に転身しようと躍起になっているらしい。昼下がりの裁判所前の騒ぎに負けまいと、彼女は熱弁をふるっている。その背後で数十名の人々がかかげている手書きのプラカードには、陪審員を攻撃する辛辣な文句が躍っていた——〝〈ヴィレッジ〉から六人の阿呆が消えたとさ〞、〝トンマな陪審員たちこそ有罪だ！〞。

「どういう連中なんだ、あいつらは？」ハンナの夫が訊く。

プラカードをかかげる男女の中には、法廷の傍聴席で見かけた者も何人かまじっているようだとハンナは気づく。中の一人は、いつか彼女の後からエレベーターに乗り込んできた、ストレッチ・ジーンズ姿の老齢の男にちがいない。あのときは、いまにもこの老人からサインを頼まれるのではないかと思ったものだ。その男のかかげるプラカードには、〝陪審員を逮捕しろ〞と書いてある。どこからこんな敵意が生まれるのだろう？　その男の隣りに立つ若い女性——彼の孫娘？——は口をダクト・テープでふさぎ、唇の部分だけハート形に切り抜いて息ができるようにしていたが、おでこにはサインペンで〝ケイレブの沈黙〞と書いてあった。が、そういう悪態自体よりハンナが気になったものが別にあった。彼らのかかげるプラカードはすべて同一のサイズの白いイラスト・ボードで、書かれている文字の色も同じ焦げ茶なのだ。

「見て、あのプラカード、みんな同じサイズで、文字の色も同じでしょう。ベースになるイラスト・ボードをだれかが用意してきたんじゃない。自然発生した抗議じゃなくて、組織化されたものね、あれは」

「陪審員たちの名前は公表しないと、裁判長が約束してくれたんならいいがな」

「陪審員の名前を公表してもいいの、裁判長は？」

「そうなんだ」

自分のベッドで自分の枕、隣りには慣れ親しんだ夫の体の重みがあって、しかも睡眠薬まで服《の》んだのに、ハンナは眠れない。

†

陪審員たちが知らされていなかったことって、他にどんなものがあるんだろう？

タブレット端末を起動させて、こんどの裁判関係のニュースをさぐってみる。

マスコミのあいだで飛び交った情報によると、被告側は検察側が重要な証拠の開示を拒んでいると主張していた。被告側は、それらの証拠を精査したくても時間が足りないと毎日こぼしていたという。また被告側はケイレブが死んだ夜の出来事を描いたモーション・キャプチャー・アニメーションを証拠として提示しようとしたのだが、裁判長はそれを禁じたらしい。それは隣家の防犯カメラがとらえた映像に基づくもので、検察側は、その映像が空想的で適切ではないと主張した。その聴聞の後、被告側は、ステファーナが友人たちに語ったことを集約した記録を証拠として認めるよう求めた。その記録の一部は専門家によって法廷でも読みあげられたのだが、その中でステファーナは、〝ケイレブが泣き止まないときは絞め殺したくなっちゃう〟と語っている。検察側は、その記録は伝聞に基づくもので信頼できないと主張し、裁判長もそれを認めた。その記録には、ステファーナがティムに送ったメッセージも含まれていたのだが、陪審員はそれも聞かされていない。ステファーナはこう言っているのだ――〝ケイレブにね、おばあちゃんの下痢止めの薬、飲ませてみたの。ちょっときてみない〟。

検察側はティムの返答——〝そいつは大笑いだな〟——を読みあげて、このやりとりは単なるジョーク、悪趣味だが罪のないジョークだと主張した。

検察側はまた、ステファーナが予備尋問のあいだも法廷にいたという事実をとらえて、弁護側が証人隔離ルールを侵犯したかどうか判断するよう裁判長に求めている。

ティムという若者には驚くような犯罪の前科があった——重窃盗罪や暴行罪に問われたことがあるのだが、それは結局法廷では暴露されなかった。陪審員は目隠しされているというようなことを、F‐17は言わなかっただろうか。いま、部屋が薄暗いせいか、ハンナはさまざまな感覚が研ぎすまされてくるのを感じる。ティムには重い前科があるという事実をもし知らされていたら、自分はおそらく最初の判断にもどって、無罪を主張したかもしれない。そうすると審理無効ということになって、バトラー夫人に再度の裁判傍聴という苦痛を舐めさせることになったのでは？　ティムの証言については、ほとんどハンナは覚えていない。彼が歯を食いしばって、自分を立ち直らせてくれた存在としてイエスよりステファーナのほうを上位に置くような発言をしたのを覚えているくらいだ。審理の最中F‐17は陪審員用のメモ帳にこの自分へのメッセージを記し、彼の二列後ろにすわっていた自分にも読めるようにメモ帳を傾けたりしたのだが、そんなこんなで自分の注意力がおろそかになっていたのは否めない。そんなことがなければ、自分はティムの証言をもっと正確に記憶していたのではないか？　陪審員の評議のあいだ、F‐17はかたくななまでに自説を譲らなかった。自説を論証するために、審理中に自分で書きつけたメモを彼が読みあげたとき、その正確なメモのとり方にハンナは驚かされたのだった。しかも彼は、ハンナへの秘密のメッセージを記したページを周到に破ってから、精細なメモを読みあげてみせたのである。

†

翌朝、『オーランド・センティネル』紙を読んでいた夫が、陪審員たちの名前を明かすよう同紙が裁判所に請願したことを知る。

夫は激怒して、最も親しい友人にして弁護士のレニーに電話を入れる。二人が知り合ったのはかれこれ五十年前だから、ハンナはまだ三歳になったばかりの頃だ。当時、夫は〝シカゴ8裁判〟を取材しており、レニーはアビー・ホフマンの弁護を担当していた。生涯独身をとおしてきたレニーは、夫からハンナを紹介されると手厳しい評価を下した。世の中には美貌を武器に老人の虚栄心につけ込み、出世の階段を駆けのぼって、権力と名声の甘い汁を吸おうとする女たちがいる。ハンナもその一人だろうと彼は見たのだ。その後ハンナの左の目蓋がさがって、容色が衰えたときになって初めて、レニーは彼女を受け容れてくれたのだった。

受話器を置いた夫が言った。

「請願は形式的なものだろうと、レニーは見ているようだ。『ニューヨーク・タイムズ』ですら、あのセントラル・パークのジョガーの事件では陪審員の名前を公表しろと裁判所に要求して、結局、認められなかったからな。いずれにしろ、おれはこれから『オーランド・センティネル』に抗議文を書いて送りつけてやる」

自分はまだマスコミに睨みがきくと夫は思っているらしい。そう、自分がピューリッツァー賞を受賞したときまだ生まれてもいなかった編集者も、自分の名前を見れば恐れ入るだろう、と。

彼は午後いっぱいかけて抗議文を書き、最終的に仕上げた文章をハンナの前で読みあげてみせた。彼は、陪審員の名前を裁判長が公表した〝ケイシー・アンソニー裁判〟*を引き合いに出していた。あのときは一人の女性陪審員が、殺すぞという脅迫を受けて仕事を辞め、国外に避難したと伝えられている。他の陪審員たちも身の危険を感じて自宅にとじこもっていたという。夫はさらに〝ツィンマーマン裁判〟も例にあげてダメ押ししていた。あのときは、裁判終了後半年たって大衆の興奮が薄れたのちも、名前を公表された陪審員たちの人生は狂ってしまったのである。最後の締めくくりに、彼は〝O・J・シンプソン裁判〟の陪審員たちの書いた体験記をあげて、彼らが強いられた苦難の数々を強調していた。

＊ケイシー・アンソニー裁判　二〇〇八年、当時二歳だったケイリーちゃんを殺害した容疑で実母のケイシー・アンソニー（二二）が逮捕され、第一級殺人と育児放棄の罪に問われた裁判。ケイリーちゃんは白骨化した死体となって発見され、ケイシーの犯行が疑われるも決定的な証拠がなく、陪審は推定無罪を適用、ケイシーは三年後に無罪釈放となった。

†

夕食後、ハンナは夫に言う——タバコを買いにいってくるから、あなたの抗議文も投函《とうかん》してきてあげる。その帰り道、彼女はF‐17の家の前にさしかかっていることに気づく。時刻は夜八時。周囲はほとんど暗くなっている。郵便受けに書かれた住所も読みとりづらいが、わざわざ車のスピードを落として確かめるまでもない。ハンナはすでに知っているのだ、彼の家の外観を。建物は落ち着いた雰囲気で、庭の芝生はきれいに刈り込まれている。その日の日中、彼女は〝グーグル・ストリートヴュー〟で、確かめておいたのである。

建物には明かりがついている。

斜め向かいの、菱形《ひしがた》の葉をつけた木の枝の下に車を止める。九十メートルほど離れた車の中からでも彼の姿を確認できれば、きっと納得がいくだろう、顔ににきびの跡があって美しい足を持つあの男を、自分はどうして忘れられないのか。

通りに面した窓を通して、キッチンの蛍光灯の下に立つF‐17の姿が見える。ここから見えるのは上半身だけだが、窓枠の下に隠れている両手は洗い物でもしているのか、ただ機械的に動いているように見える。

キッチンの蛍光灯の明かりがあの窓をくすんだ鏡面に変えていなければ、彼の目にもこっちが見えているはずだが。

携帯をとりだす。一か月足らず前、彼の解剖の授業の最中に写真を撮らせてもらえないだろうかと頼んだときに、自宅の電話番号を聞いておいたのだ。携帯のディスプレイに現れた、グレアム・オリヴァーという彼の本名と電話番号を見下ろしていると、古い受話器のマークを押して彼の声を聞いてみようかという衝動に駆られる。声が聞こえた瞬間に切ってしまうというのはどうだろう？　それでも彼は、わたしだと気づくだろう。それほど昔ではないが、別れた愛人の声が聞こえたら無言で電話を切ってしまう、という行為に彼女は憧れたことがある。

携帯から顔をあげて、また窓のほうを見ると、グレアムは猫を抱いていた。猫を飼っているだなんて、聞いてない。彼がモーテルに隔離されていたあいだ、あの猫の面倒はだれがみていたのだろう？　自分は彼のことなど何も知らないのだ、とあらためて思う。携帯をしまった。が、すぐには走りださない。猫を撫でているグレアムを、九十メートルほど離れたところから、彼女はしばらく眺めている――タバコをくゆらしながら。

金曜日の朝。ハンナの夫がデスクに向かっているときに玄関の呼び鈴が鳴る。ハンナはキッチンのテーブルについていて、コーヒーが冷めるのにも気づかずにまた思案にふけっていたところだった。あの猫の面倒はだれがみていたのだろうか？

「おーい、出てくれるか？」夫が書斎から叫ぶ。彼はそこで一人遊びのカードゲーム、ソリティアをしているのだ。回顧録の執筆をさらに半ページ進めるため、毎朝仕事はじめにそのゲームに興じるのが彼の日課になっている。ソリティアは神経を鎮めて気力を奮い立たせてくれるという。

「あなたは出られないの？」ハンナは叫び返す。

「もう仕事をはじめているんでな」だが、実際はカードを切り直しているところなのは二人とも承知している。

「わかったわ」ハンナは答える。だが、玄関ホールに出ていくと、夫がすでに扉をあけていた。ハンナ・ピラーさんですね、と保安官代理が彼女の名前を確かめて封筒を手渡し、ハンナが、これはどなたから、と訊くより先に立ち去ってしまう。

封筒に入っていたのは、アンカ・バトラー裁判の件で月曜日に裁判所に出頭されたい、という通知だった。

「何の用だろうな？」夫が訊く。

「たぶん、わたしたち陪審員の名前を公表する件に関することじゃない」

「すると、陪審員全員が召喚されるのかな？」

「おそらくね」

「わからんな。陪審員の名前を公表するのに、どうして全員を裁判所に呼びつける必要があるんだ？」

「いまのうちに州外に逃げ出せと、警告してくれるのかもね」

†

月曜の朝ハンナが法廷に入ってゆくと、グレアムが傍聴席の最前列にすわっている。他の陪審員たちはすでに全員着席しているので、いま入ってきたのは彼女だとわかったはずなのだが、グレアムは振り返らない。陪審員たちは、カンニングしないように見張られている受験生たちのように、間隔をあけて傍聴席にすわっている。

やがて彼らは一人ずつ、陪審員の番号とは無関係に判事室に呼び込まれる。最初に〝スクールティーチャー〟、次に〝コーンロウズ〟、次いで〝ケミカル・エンジニア〟。その後が〝補欠男〟。彼はハンナを見つけると、またもにやっと笑う。判事室にはきっと秘密の出口があるのだ、とハンナは思う。入っていった者はそのまま出てこないからだ。

最後にはグレアムとハンナだけが残される。グレアムは最前列のいちばん端にすわっているので、最初に到着したのだろう。一瞬でも自分と二人きりになりたくて早めにやってきたのだろうか、とハンナは思う。それとも陪審員長としての責任感から早めに到着したのだろうか。彼は髪をきれいに刈り整えていた。あの古代ローマの将軍風の巻き毛は短くカットされ、うなじの毛も剃り上げられている。その姿のあまりにも没個性なことに、ハンナはびっくりする。番号が呼ばれて判事室の扉をあけようとする寸前、彼はようやく振り返って、ちらっとハンナのほうを見る。あの眼差《まなざ》しに滲《にじ》んでいたのは何だったのだろう? 欲望? 傷心? 何かを確認したいという思い? それとも、彼もまた、このわたしの没個性なことに驚いたのだろうか?

ハンナの名前はなかなか呼ばれない。グレアムは他の陪審員たちよりずっと長く裁判長と話し合っているようだ。たぶん、陪審員たちの名前を公表することの不当性を論理的に訴えた長い意見書のようなものでも用意してきたのにちがいない。

とうとうハンナの名前が呼ばれる。彼女が判事室に入ると、廷吏が背後で扉を閉める。

判事室の壁は想像していたのとはちがってマホガニーではなかった。全体のしつらえも地味で、医学関係になぞらえれば、開業医の部屋というより医療社会事業の事務室という感じだった——薄茶色のソファ、薄茶色のデスク、感じのいい抽象画。個々の椅子に差別はつけられていない。

部屋には被告側弁護人と検察官も控えていた。被告の姿はない。赤ら顔の法廷書記官が新しい速記用紙を速記タイプライターにセットしてから、真実のみを語るという宣誓はまだ生きていますからね、とハンナに念を押す。

裁判長が口をひらく。「実はですね、一週間前、わたしのところにこの手紙が届きました。弁護人と検察官も、すでにこれには目を通しています」

手紙は裁判長のデスクに広げられている。手書きのようだった。ハンナの位置からだと、署名を読みとろうとしても確認できない。

裁判長が手紙を読みあげる。「この事実を報告するのは一陪審員、ならびに一市民としての義務だと思いますので申し上げます。今回、あのモーテルに隔離されている最中に、二人の陪審員が七度以上にわたって性的関係を結んでいました。これほど重大な審理の最中、この二人の陪審員がその責任をあまりに軽んじていることに、わたしはショックを覚えた次第です。この二人の陪審員のいずれかの部屋から六度にわたって性行為に伴う音声が聞こえたことを、わたしは喜んで証言いたします」

そこからさらに十行くらい文面がつづいていることが、ハンナには見てとれた。が、裁判長はそこで読むのをやめてハンナの顔を見る。

「あなたは他の陪審員と性的関係を結びましたか?」

「はい」と、ハンナは答えた。

「その陪審員と二人きりでいるときに、この裁判について語り合いましたか?」

「いいえ」

そこで被告側弁護人が割って入る。「たとえば、寝物語の合間に、裁判の進行状況などに関して話し合ったりはしなかったの？」

「いまはわたしが質問しているんですよ」裁判長がいさめる。それからハンナのほうを向いて、「その関係は、評決に関わるあなたの判断にいささかなりとも影響を与えたり、それを決定づけたりはしませんでしたか？」

回答を躊躇《ちゅうちょ》すればするほど自分の発言に信憑性《しんぴょうせい》はなくなるだろう、とハンナはとっさに判断する。

「わかりません」とハンナは答える。

「〝わかりません〟ということは、この場合、〝はい〟に等しいですね。では言い方を変えましょう。あなたと性的関係を結んだ陪審員が、いかなる意味でも、あなたの最終判断を一定方向にねじ曲げることはありませんでしたか？」

「ありませんでした」ハンナは答える。

「陪審員による最終評議のあいだ、何か特定のことが二人のあいだで話し合われたのかどうかはうかがいません。大まかな問題としておたずねします。あなた方の性的関係が、他の陪審員たちの考えを制約したり、それに影響を与えたりするようなことはあったと思いますか？」

「それは他の陪審員たちに訊いてください」

「すでに訊いてありますよ」裁判長は答える。

†

地下駐車場に駐まっているグレアムの車のわきをハンナが通りすぎようとすると、彼がヘッドライトをひらめかせる。ハンナが自分の車に乗り込んでドアを閉めるとすぐ、携帯が鳴った。

「ぼくの車についてきて」

ハンナはついてゆく。高速道路を南に走り、出口を十か所ほど通過したところで一般道に降りると、そこはトラックの駐車場だった。パンクしたタイヤや再生タイヤに支えられたセミトレーラーと彼のセダンのあいだにプリウスの車首を突っ込んで停止する。グレアムが助手席のドアをあけて乗り込んでくる。

「大丈夫かい?」

心配そうな声音を聞いて、言葉が喉につかえてしまう。

どうにか口をきいたときには、声が幼女のようにかん高くなっていた。夫といるときのハンナの声はコントラルトのように低いのだが、彼と一緒だとそれがメゾソプラノに高まってしまう。

「あなたは?」彼女は訊く。

「いやぁ、完全な不意打ちをくらったね」

「裁判長に訊かれたときは、どう答えたの?」

「あんたの知ったこっちゃない、と答えたよ。きみは認めたのかい、ぼくらの関係を?」

「だって、宣誓がまだ生きているって言われたから」

「だれかな、あの手紙を書いたのは?」

「〝スクールティーチャー〟だと思う」

「〝チャーチ・レディ〟じゃないかな」

「あの人は陪審員を途中で罷免されたでしょう」

「ああ、そうだった」

「裁判長は審理無効を宣言するかしら?」

「きみも、こんどのことが自分の判断に影響したことはないと誓ってるんだろう、ぼくもそうだが」

「わたしは、こんどのことが自分の評決に影響を及ぼしたかどうかはわからない、って裁判長に答えたんだけど」

「本当にそう思っている?」

「そうとしか言えないもの」

「実際、二人きりでいるとき、裁判のことなんか話し合わなかったからな」

「話す必要もなかったし」

「やっぱり、忘れられないんだ、きみのこと」

「わたし、あなたのおうちの前を車で通ったのよ」

「それはなんとなくわかったよ」

トラックの駐車場に近いモーテルの客室の窓には、〈エコノ・ロッジ〉とちがって遮光カーテンはかかっていない。半透明のカーテンが、放置されたプロパン・ガス・ボンベの眺めを遮っているだけだった。日はまだ沈み切っていない。二人は初めて明るいところで服を脱ぐ。グレアムのものは勃っていない。ハンナの立ち姿は、煽情的《せんじょう》というより兵士のようにこわばっている。二人とも、互いの裸身をはっきり見るのは初めてだった。

二人は一瞬、恥じらいもなく、あるがままを受け容れる目で、互いを見つめ合う。相手が自分の裸身をどう思うか、肌の荒れた背中も、薄くなりかけている尻も、互いにもう気にならない。それを見て失望しようと、興奮しようと、もうどうでもいいのだ。これが、情事の終わりだった。

交わりはゆったりと、順序だっていて、なごやかだった。長年睦《むつ》み慣れた夫婦のようなセックス。習慣は情熱を窒息させる毛布だと言われる。が、習慣は同時に、情熱をかきたてる触媒になることもある。

終わると、二人はもう触れ合うこともなく並んで横たわる。ぶうんという音が室内に満ちている。最初から響いていたに相違ないその音に、ハンナはいま初めて気づく。音の源は周囲の林のようだ。昆虫たちが互いの体をすり合わせている音なのだろう。機械的に、小止《おや》みなく体をすり合わせる音は、永遠の生命力を物語っている。ハンナとグレアムがこれから別々の道を歩んでも、昆虫たちはそこに居つづけるだろう。そう、このモーテルがいずれ廃業して森に呑み込まれても、ハンナの夫がこの世を去っても、ハンナ自身の視野がいずれ狭まり、手足が不自由になり、これまでに撮った写真が忘れ去られても、昆虫たちは変わらずにあの林で生きつづけているにちがいない。

それでもハンナはあの音を葬送の調べとは思いたくなかった。

グレアムは、また会ってくれ、とは言わなかった。言っても詮無《せんな》いことを、どうして言う必要があろうか？

二人は代わる代わるハンナのタバコを吸ってから、別れてゆく。

「どうしてこんなに長くかかったんだ?」ハンナが車のキーを置くより早く夫が訊く。彼女の手にはその日の午後のにおいがまだまとわりついている。

夫はハンナの後からキッチンに入り、カウンターにもたれて、彼女が手を洗うさまを見守る。

「で、裁判長はやっぱり名前を公表するというのか?」

ハンナは水道の栓をひねって水を止める。

「そういう決定は下してないわ」

「じゃあ、なぜおまえたちが呼ばれたんだ?」

「名前の公表に関して、個々の陪審員がどんな懸念を抱いているのか、知りたかったみたい」

そう答えて、いともたやすく嘘をつける自分にハンナは驚く。

「まさか、自分の名前を公表されてもかまわない、などと答えた者はいなかったんだろうな」

「さあ、どうだか。わたしたち、個別に聞き取りをされたから」

「おまえはどう答えたんだ、裁判長に?」

「わたしは自分の平和な暮らしを一刻も早くとりもどしたい、って」

いま胸中で騒いでいるのは罪悪感だろうか、とハンナは思う。いや、ちがう。では慚愧《ざんき》の思い? それともちがう。それはたぶん、最も不安定な形の愛だ。でも、その愛の対象はだれなのか。いま手をふいている自分の背後に立って、首筋を揉《も》んでくれている夫？　それとも、キッチンの窓の背後で猫を抱いていた男？

その晩、夫が眠っているあいだにハンナは自分の仕事部屋、湖に面した完全な立方体の部屋に入る。壁の一面はガラス張り、他の三面は白い壁だが、そこにはどんな写真もかかっていない。半年にわたって撮影してきた写真シリーズは失敗と判断して、全部剝がしてしまったからだ。壁には画鋲《がびょう》ひとつ残っていない。陪審員の仕事につく前の週に、パソコンに保管しておいた映像もすべて消去してしまっている。そのシリーズは結局、焼き直しにすぎないとわかったからだった。だれか他の写真家の作品の焼き直しではなく、自分自身の若い頃の作品の焼き直し。

ずっと以前、ハンナがまだ暗室や、ネガや、引き伸ばし機や、現像液や、停止浴や、はさみや、定着液等に頼っていた頃、失敗したプロジェクトをぶち壊す儀式はもっと派手だった。いまなら冷然と〝消去〟ボタンを押せばすむところを、そのときは洗濯ばさみで挟んであったプリントをむしりとってくしゃくしゃに丸めたり、ネガを踏んづけたり、暗室のドアをわざとあけて現像をおしゃかにしたりしたものである。

もうだめ、あんなフィルム全部燃やしちゃうと、ハンナが芝居がかった撤退宣言をすると、それを聞いていた夫は黙って何本ものフィルムを救ってくれたものだった。夫よりもっと若い男性だったら、自分がのけ者にされている大仰な儀式に嫉妬したかもしれない。彼女がネガを燃やすのを傍観して、一つの教訓を与えたつもりになっていたかもしれない。だが、彼女の夫は嵐が過ぎ去るのをじっと待って、翌朝、自分が救い出したフィルムを彼女に返してくれたのだった。

もうすこしで夜が明ける。ピンク色の霧が湖面から漂ってくる。湖水は空気より温かいだろう。ハンナは引き戸をちょっとあけてみる。昆虫やカエルたちの奏でる音は、彼女の青春の音楽であるニューヨークの街頭の喧騒よりも大きい。

†

翌朝、夫は朝食を終えてからも、なぜか時間をかけてコーヒーを飲んでいる。テーブルについた肘のわきには地元紙がひらかれていた。

ハンナは牛乳パックに手をのばしながら、新聞の見出しに目を走らせる。

フリーセックスが自由への道をひらく？

アンカ・バトラーの弁護人、陪審員同士の情事を理由に、裁判のやり直しを要求か
夫の顔に浮かぶ、興味と不信のないまぜになったような表情を見て、もうこの記事を読んでいるんだな、とハンナは察しをつける。牛乳パックをとるのも忘れて、彼女は手を引っ込める。

「おまえは知ってたのか、この件？」夫が訊く。

ハンナが沈黙していると、夫はそれを肯定のしるしと受けとめる。

「この〝陪審員同士〟というのは、だれとだれなんだ？」

またしてもハンナは沈黙し、夫は勝手に推量する。「解剖学の教授と、学校の教師かな。彼女のことは、おまえも〝服装が派手〟と言ってたじゃないか」

ハンナが否定も肯定もしないでいると、夫はまた観測気球をあげてみせる。「じゃあ、解剖学の教授と化学のエンジニアか」

「どうして男性と女性の組み合わせと決めつけるの？」

自分も記事を読みながら、ハンナは精いっぱい気力を振り絞って、夫の詮索に迎合するような気軽な笑みを浮かべてみせる。その笑みには千鈞《せんきん》の重みがかかっている。

「女同士だとしたら、学校の教師と化学のエンジニアか？」

「コーンロウズ・ヘアスタイルの女性と〝チャーチ・レディ〟という組み合わせはどう？」

「どうしても教えてくれないんだな？」

「だって、裁判関係の話は他言しないって宣誓をしているから」

「でもな、おれから隠し通すのは無理だぞ」夫はコーヒーを注ぎ直す。「じゃあ、コーンロウズ・ヘアスタイルの女と補欠の男、というのはどうだ？」

老練のジャーナリストの夫は、これまでも卓抜な取材能力を生かして外交官や将軍たちから秘密を聞き出してきた。彼を担当している編集者たちは、彼には特殊な嗅覚があるのだと思っている。が、ハンナ自身は、夫の成功の鍵は食らいついたら離さない執念だとわかっている。

昼食の席で夫は言う。「おい、ラス・ベガスの賭け率もおれと同じだぞ。六対一で、解剖学の教授と学校の先生だとさ」

ベガスで育ったハンナは、あの賭博の聖地ではどんなものでも賭けの対象になることを知っている。宇宙ステーション、〝スカイ・ラブ〟の残骸は地球のどこに落下するか、とか。スーパー・ボウルのハーフタイム・ショウでレディ・ガガが国歌を歌ったとき、〝ブレイヴ(brave)〟という言葉をどれくらい長く引っ張ったか、とか。O・J・シンプソンの保釈の是非を問う聴聞会にカーダシアン家の面々が現れるかどうか、とか。

「あなたは賭けたの?」ハンナは訊く。

「まさか。でも、おまえに対する賭け率はどれくらいか、知りたくないか?」

「あなた、回顧録を早く仕上げなくちゃいけないんじゃない?」

†

煌々《こうこう》たる明かりに包まれ、耳が割れそうなくらいホワイト・ノイズが流れるなか、慈悲深い眠りがやっと訪れたと思うと冷水が裸身にぶちまけられる——そんな部屋にいるような気分で、ハンナは夫の次の問いかけを待っていた。

†

翌朝、各陪審員の姓名の公表を禁じられ、符号のみの公開しか許されなかった『センティネル』紙は、予備尋問のデータから割り出した陪審員たちのプロフィールを掲載する。

夫が大きな声でそれを読みあげる。「おい、おまえのことはこう書いてあるぞ――〝C-2は中年の既婚女性で、十年前にアラチュア郡に移住してきた。職業は写真家。陪審員になるまで、この事件に関する予備知識はゼロだった。好きな息抜きは水泳。予備尋問に際し、現在の夫と結婚した理由を問われると、税金を浮かすため、と答えた〟。おい、こんなことを本当に言ったのか、おまえは？」

「だって、そのとおりなんですもの」

夫は新聞記事を読みつづける。「〝B-7はフロリダ州ウィリストンで育った独身女性。職業はミドルスクールの教師。この事件のことは、教会で聞いた。ペットを飼っていて、サルサ・ダンスが趣味〟。サルサ・ダンスか。きっと、この女への賭け率はぐんと跳ね上がるな」

夕食後、リビングでケーブル・ニュースに見入っている夫を横目に、ハンナはキッチンで『センティネル』紙にのったF-17のプロフィールを読む。すでに知っている以上のことは書かれていなかったが、それを再度読み返してからメールを送る。

『センティネル』を読んだ?

読み終わった彼が返事を送ってくる。

勝手なことを書いているな。見当ちがいもはなはだしいや。

ハンナはまた書き送る。

ベガスでは、情事の当事者はどの陪審員なのか、賭けが行われているらしいわ。

そのとき、リビングから夫が声をかけてくる。

「おーい、ちょっとこっちにこないか。B-7がCNNに出てるぞ」

〝スクールティーチャー〟がテレビに出てるんだって。

最後にグレアムに伝えてから、ハンナは急いでリビングに移る。

テレビの画面には、〝スクールティーチャー〟が映っていた。だぶだぶの、男物とも女物ともとれる服。興奮して上気した顔。いかにも苦しげな、切羽詰まったような声で彼女はしゃべっていた。「あたしじゃないです。あたしは陪審員のだれとも、そんな関係は持ってません。あたしの暮らしはもうめちゃめちゃ。学校から休暇をもらって、州外に逃げ出したいくらい。あたしたちの職業はもう新聞ですっぱ抜かれちゃったんだから、マスコミも本当のことを報道してほしいわ。そうよ、解剖学の教授と写真家の仲を洗ってみたらどうなの」

ふだん、テレビを見るときの夫はじっとしていない。足踏みをし、腕をぽりぽりと掻き、髪をひねり、指の爪をいじり、眼鏡のレンズをふき、椅子のアームレストをつかむ。彼にエネルギーを授ける原子は活発に動きつづけて止まることを知らない。だが、いま、夫は凍りついたように動かない。その目はまるで他人を見るようにハンナを見る。顔が怒りにひきつったと思うと、急に弛緩して苦悩にゆがむ。六十歳の彼だったら、壁を思いきり殴りつけたかもしれない。七十歳の彼だったら、冷たい沈黙で彼女を罰しただろう。だが、いま八十六歳の彼はぐったりと椅子にもたれて息を弾ませている。

「あいつを愛してるのか、おまえは?」

「そんなんじゃないのよ」何の成算もないまま、ハンナは思い切って告白しはじめる。話し終えてから謝ろうとすると、夫に遮られる。

「おれにしゃべらせろ! これからもあいつと付き合うつもりなのか?」

「もう終わったんだってば、何もかも」

「おまえにとってはそうだろう。おれにとってははじまったばっかりだ!」

いきなり立ち上がり、ぐらっとよろめいて、ソファのアームレストにしがみつく。頭に血がもどってくるのを待つあいだに呼吸が一段と荒々しくなる。

「だいじょうぶ？」ハンナは慎重にたずねる。

「これがどうしてだいじょうぶでいられる？」

行き場所がないのに気がついたように、彼はまた腰を下ろす。

「なぜだ？」

ハンナは自分が理解しているとおりの真実を話すことにする。それには多言を要しない。

「わたし、皺《しわ》くちゃのおばあちゃんになる前に、一度だけ浮気をしてみたかったの」

「おれが死ぬまで待てなかったのか？」

彼は足踏みをし、腕を掻き、頬を撫でる。

「世間中に知られてしまったな」

「実名はまだ知られてないわ」

「いまのところはな」

さっと携帯をとりあげると、震える人差し指でディスプレイをつつく。

「何をしているの？」

「うるさい！」

携帯をこちら向きにする。映っているサイトは、〝ベガス・インサイダー〟だった。

「見ろ、賭け率がもう跳ね上がっている」

アームレストをつかみ、髪をむしる。

「出ていってくれ」

「すこし荷物をまとめてもいい？」

「どこにいく気だ？」

「どこか、モーテルに」

「あの男のところじゃないだろうな？」

「もう終わったんだってば」

玄関の扉をあけて出ていこうとするハンナに、夫は言う。「今夜はおまえの仕事部屋で寝たらどうだ」

ハンナはベッド兼用の長椅子の上に清潔な寝具を広げる。仕事部屋のドアは閉まっていても、傷ついた夫の苦悩が隙間から漂ってきて、息がつまりそうになる。夫婦の寝室にもどって、もう何もかも終わったんだから、ともう一度断言しようか、と思う。だが、釈明のくり返しはかえって逆効果だろう。

真夜中ごろ、家の中の電気がすべて消えてから、ハンナは音もなくキッチンに忍び込む。きょうは朝食の後、何も食べていないのだ。冷蔵庫をそっとひらいたとき、暗がりの中で夫が凝然とキッチン・テーブルにすわっているのが目に入る。突然明かりがついていても、何の反応も示さない。この寡黙さはきょうの午後の夫の寡黙さとはまったくちがう。この寡黙さは、もはや押し殺した悲憤ではない。この寡黙さは硬化した蠟《ろう》に近い。

ハンナは夫の向かい側にすわり直す。夫はごく微かな音に聞き入っているように両目を閉じている。ハンナが近づいたのにも気づかない。辛抱強く待っていた彼女も、それ以上待ってはいられなかった。

「ねえ、あなた、だいじょうぶ?」思い切ってたずねる。

「心臓の脈が飛んでるんだ。ペースメーカーがおかしいらしい。電池が消耗したときは、ピーッという警告音が鳴るはずなんだがな。ちょっと聴いてみてくれるか?」

ハンナは夫の筋ばった胸にもたれて、肌にじかに耳をあてる。心臓の鼓動が聞こえる。海底に沈んだ船の中で、だれかが鉄管を叩いているような、微かだが安定した音。まだ生きている者がここにいるぞと、外部世界に救いを求めるような音。

「ピーッという音はきこえないけど」

彼女を見つめる夫の顔には、嫉妬や憤怒や譴責《けんせき》よりも厳しい表情が浮かんでいる。それは不信の色だった。彼はもはやハンナの言うことを信じていないのだ。

ハンナは自分の仕事部屋からラップトップ・パソコンを持ってきて、念のため、オンラインで聞けるペースメーカーの警告音に二人で聞き入る。電池の残量のすくないときの警告音は、遠方でトラックがバックするような音に似ている。電池が完全に切れる直前の警告音はもっと切羽詰まって、ユダヤ人逮捕のために急行するナチス親衛隊の車のサイレンの音に似ている。

ハンナはもう一度夫の肌に直接耳をあてる。夫は子供の頃くる病にかかったことがあり、ビタミンDの不足で変形した第四肋骨が棍棒《こんぼう》のように彼女のこめかみをつつく。

「電池に問題はないみたい」

夫の意向は無視して夫婦の寝室にもどり、ベッドのいちばん端に横たわる。夫は黙って何も言わない。

「また心臓の脈が飛ぶようだったら起こしてね」

夫は無言だが、たぶん、そうするだろう、とハンナは思う。


翌朝ハンナが目を覚ますと夫の姿はなく、正午頃になってどこか外出先からもどってくる。

「おまえが老人への憐憫《れんびん》からここに残っているんなら、もうどこにいってもいいぞ。かかりつけの心臓医に診てもらったんだが、おれの心臓は四十代の男並みに丈夫だそうだ」

「それは素晴らしいじゃない」

「おまえが晴れ晴れと出ていけるからか？」

彼はソファに腰を下ろし、立ち上がり、また腰を下ろし、半ば立ち上がり、またすわり込む。それを十回くり返す。

「歳をとった男との暮らしはどんな犠牲を強いられるものか、それはおれも承知しているつもりだ」その声音からは原初的な怒りの色は薄れている。彼の次の言葉を聞きとるには、ぐっと身を寄せなければならなかった。「おまえにとっては、これからますますつらくなるだろうしな。やっぱり出ていくか？　おれは心細いんだが、正直言って」

ハンナが思わず夫の手をとろうとすると、邪険に振り払われる。「どうしてこんな仕打ちをしてくれたんだ？」夫は言う。

†

親友のレニーと電話で話している夫の声が聞こえる。書斎のドアは閉まっているが、隙間があるのだ。しゃべっている言葉が、ときどきはっきり聞きとれる。夫は親友に妻の裏切りを訴えているらしい。自分の名前が聞きとれた。その後夫はしばらく沈黙する。レニーは彼を慰めているのだろう。それとも、こういう場合、真の友人は助言だけをするのだろうか？　八十六歳の老人に向かって、レニーは〝だいじょうぶ、あんたは切り抜けられるさ〟と心から言えるのだろうか？　もしかするとレニーは、〝あんたの心臓は四十代の男並みに丈夫なんだから、こんな危機も乗り越えていけるよ〟とでも言っているのかもしれない。

書斎から出てきた夫は、瀉血《しゃけつ》でもしたように青白い顔をしている。壁に手をついて、よろけそうになるのをこらえている。ハンナは勝手に夫の後から寝室に入る。

「また心臓がおかしいの？」

彼女のほうは見ようともせずに、夫は言う。「裁判長は予定どおり来週の月曜日に量刑の言い渡しをするそうだ。その後で陪審員の名前も公表するらしい」

「レニーがそう言ったの？」

「出ていってくれ。おれはいろいろと備えなきゃならん」

午前十一時にベッドにもどってきて、何に備えるというのだろう？　その問いかけをハンナがまだ口に出さないうちに、夫は言う。「世間の恥さらしになるのに備えるのさ」

ハンナは勝手にベッドに腰を下ろす。

「頼む、一人にしてくれないか」

ハンナが戸口に達しないうちに、夫は言う。「息が、息が苦しい」

彼女は夫のかたわらにとって返す。背中を撫でさすってやっても、夫は拒まない。思い切って抱きしめてやる。夫は身をこわばらせたものの、逆らわない。

「深呼吸するのよ」ハンナは言う。「あなた、不安発作にかかってるんだわ」

「おまえはかかってないのか？」

夫は息を吸い込んでから、風船をふくらませるように息を吐き出す。

いまはなんとか励ましてやるべきだろうか？　あなたの心臓は四十代の男性並みに丈夫なんだから、うまく切り抜けられるわよ。

「わたしたち、なんとか切り抜けられるわよ」と、ハンナは言う。

ほぼ一か月前、彼女が隔離生活から帰宅して以来初めて、二人は体を重ね合う。彼にとって、自分の心臓が四十代の男並みに丈夫なのを確かめたいという願望のほうが、彼女に対する欲望よりも強い。勃つかどうかは彼の気分のバロメーターでもある。彼が中折れしたのをハンナは感じ、最後のきわまりまでゆき着かなかったのではないかと思う。が、それはもうどうでもいい。営みは終わったのだ。どの幸せな結婚もセックスが満たされているが、どの不幸な結婚もセックスが満たされていない。

†

翌朝、裸のまま浴室に向かう夫を見ていて、胸郭の左側に打ち身のような青黒い跡があるのにハンナは気づく。セックスではなく、取っ組み合いの喧嘩でもしたかのようだ。メディスン・キャビネットの鏡を見た夫自身も、それに気づいて訊いてくる。

「おれをぶったのか、おまえ？」

「なんでそんなことを訊くの？」訊き返しながらも、ハンナ自身同じことを考えていた――セックスの最中、そんなに荒々しく振舞っただろうか？

ガウンがまだフックにかかっている廊下に夫は立っている。彼の身長は日ごとに縮んでいる。脊椎骨が摩滅しつつあるのだ。体の他の部分、とりわけ胴とその中におさまる臓器は、おのずと収縮しない限り、ひとまわり狭くなったスペースに入りきらないのでは。どうしてみんなうまく収まっているのだろう？　かごのような働きをしているあばら骨の下部がほとんど腰とつながっているように見える。こんなか細い体で荒々しいセックスができたとは考えられない。

「きっと、おれがどっかにぶつけたんだ。ゆうべ、おまえは気づいたか？」

こぶし大の青黒い傷は、夫の鎖骨から四番肋骨にかけてくっきりとついている。昨夜気づかなかったのが不思議だが、考えてみればあのときは目をつぶっていた。あんなか細い体を、目をあけたまま抱きしめることなんかとてもできない。

「お医者さんに診てもらったほうがいいんじゃない？」ハンナは訊く。

「どの医者だ？　レヴィットか？」

「名前まではわたし、知らないけど」

「レヴィットは血液専門の医者さ。あるいは救急医療センターにでも駆け込むか？」

「そんなに急を要することじゃないでしょうけど」

しばらくたって、夫が電話をかけている声がハンナの耳に入る。彼は相手——血液専門医の看護師——に、胸の傷と、先週腰についていた別の傷について訴えている。

「腰の傷のことは、どうしてわたしに話してくれなかったの？」電話を切った夫にハンナはたずねる。

「他にいろいろと考えることがあったんでな」

†

金曜日の夕方近く、裁判所から封書が届く。夫がそれを受け取り、ハンナが封をひらくのをもどかしげに待つ。

レニーの警告どおり、陪審員たちの名前が月曜日に公表されるという。ハンナが書面を読みあげる。「裁判所は最大の努力を払って、あなた方、市民兵士を守ります。あなた方は義務を果たして責務を終えたのですから。氏名公表の後、陪審員に接触しようとする者があれば、それがメディアであれ他のだれであれ、法廷侮辱罪に問われます。量刑の言い渡しの後、自分の果たした責任についてメディアと語り合いたい陪審員がいれば、記者会見に応じることは自由です。今後、この裁判の陪審員たちがさらなるプライヴァシーの侵害にさらされることを、当法廷は断固として阻止します」

昨夜のセックスのあいだに再燃した親愛の情は、たちまち萎《しぼ》んでしまう。再び足場を固めて立ち直りつつあった夫の姿勢は、一気に崩れ去る。脊椎がすでに縮んでいるので、背中は急角度で前屈しているように見える——きわどいバランスを保ちながら揺れている岩のように。顎が突き出される。一方の肩が持ち上がって、もう一方の肩が下がり、背中に小さな稜線が浮き上がる。

「おまえは記者会見で何かしゃべるつもりか？」夫は訊く。

これには答える必要はない。「あなたはどこか遠いところにいきたい、飛行機に乗って？」

「一人でか？」

ひとたび岩がすべり落ちれば、もう元にもどしようがない。

「わたしも一緒に」

「おまえも一緒だと目立たずにすむかどうか」

その晩ハンナは、冷たくも熱い雪崩《なだれ》に襲われたような感覚に襲われて目を覚ます。夫のほうに手をのばし、目を覚まさせないように注意しながら額にそっと触れてみる。熱がある。寝具も汗で濡れている。

眠りながらもパニック発作に襲われることって、あるのだろうか?

夫を起こさないようタブレットの明るい画面を傾けて、〝パニック発作〟を検索してみる。

〝夜間パニック発作〟の徴候には次のようなものがある——呼吸の逼迫《ひっぱく》、身震い、荒い呼吸、過呼吸、悪寒、発汗。人は危険を感じると、腎臓を介さず肌から水分を排出できるように汗をかく。だから、危険から身を守ったり危害を逃れようとする際は排尿を止める必要はない。


たとえ夢を見ている最中でも?

悪夢にうなされているときも?

日曜の朝、夫は計画を明らかにする。血液専門医に診てもらってから国外に脱出するという。目的地がどこかは言わない。だが、その後の彼の振舞いは、長旅に備える者のそれではない。彼はむしろ、助けを求めて打ち鳴らす鉄管もない深い海底に自分を引きずり込む、巨大な波を待ちかまえている人間のように見える。

†

月曜日、裁判長が量刑の言い渡しをする朝、ハンナはリビングでタブレットの画面に目を走らせる。そこには週末に見つけた〈AbovetheLaw〉というサイトの提供で、裁判所前の広場が生中継で映っている。夫は書斎にこもっているが、さすがにソリティア・ゲームはやっていないだろう。

広場にはこの裁判に抗議する連中ももどってきている。が、ウェブカメラは彼らを好意的にとらえてはいない。ときどきプラカードが画面に突き出されても一瞬のことなので、抗議の文言は読みとれない。

十時きっかりに裁判所の扉がひらく。真っ先に飛び出してきたのは、大学を卒業したばかりで犯罪レポーターを目指している新人の女子アナだった。若さと引き締まった体軀《たいく》に恵まれた彼女は、広場を横切ってカメラの前に立つなり、たったいま九十メートルを十五秒で走り切ったとは思えない早口でしゃべりだす。次に飛び出してきたのはCNNの中年のレポーターだった。こちらはさほど引き締まった体軀ではなく、たったいま竈《かまど》の戸をあけたばかりのようにシャツが汗で黒く染まっている。彼はマイクがちゃんと声を拾ってくれるように、カメラの前ぎりぎりに接近して口をひらく。

「アンカには懲役十四年の刑が言い渡されました。十四年のうち最初の二年は少年鑑別所ですごすことになります」

そこで突然、画面が暗転してしまう。ハンナは別に気にならない。刑の言い渡しの後の騒ぎには興味がないからだ。彼女が待っているのは、十五分間の脚光を浴びたがる陪審員が登場する記者会見だった。

画面がまた甦る。こんどカメラがとらえているのは、裁判がはじまる前、陪審員候補者たちが自分の番号が呼ばれるのを待っていた部屋だった。テーブルには花束のように多数のマイクが置かれている。数分たったが、だれも現れない。

次の瞬間、あの〝補欠男〟がマイクに近寄ってくる。これで聞こえるかい、と報道陣に訊いてから、彼は連れ添っている男性を自分の弁護士兼代理人だと紹介する。声明のようなものは用意してないが、質問は何でも受け付けるから、と彼は言う。

「『USウィークリー』です」と最初のレポーターが名のる。「陪審員の方はみなさん、問題の情事のことを知っていたんですか。それと、そういう状況の下で陪審は公正な評決を下すことができたと思いますか?」

〝補欠男〟は口元を手でおおって、かたわらの弁護士に何事かささやく。きっと〝impartial（公正な）〟ってどういう意味だ、と訊いたのだろう、とハンナは思う。

自分の話をタブロイド紙に売り込みたかったら、自分も重要なプレイヤーだということを強調しなければならない。〝補欠男〟は嬉々《きき》としてマイクに語りかける。「実はね、真夜中に彼の部屋にしけこもうとしている彼女を目撃したのは、わたしでね。そのときは、氷の自販機から氷をとりだそうとしてたんですがね。彼女は部屋を間違えたとか言ってました。わたしは何も言いませんでした。そのときはまだ補欠の陪審員だったものですから」

「『オーランド・センティネル』です」別のレポーターが質問を放つ。「陪審は最初、有罪か無罪かで割れたそうですが、それはどうしてだったんですか?」

「最初の投票では、その……ああ、もう名前を言ってもいいんすね? ハンナともう一人が無罪に投票したんすよ。そのときはみんな思いましたね、ハンナが無罪に投票したのはドクへの——彼のことはみんな〝ドク〟と呼んでたんで——意趣返しだろうと。なぜなら、彼女はドクにフられたもんだから」

ハンナはタブレットのスイッチを切り、画面を下向きにして椅子のアームレストに置く。それから、夫もいまのやりとりを見ていたかどうか確かめに書斎に足を運ぶ。夫の姿はなかった。パソコンの画面はソリティアのゲームのまま停止している。ゲームは夫が勝っていた。

寝室に足を運ぶ。夫はそこで靴をはき、車のキーに手をのばしていた。

「十時にレヴィットに診てもらうんだ。予約のキャンセルが出たらしいんでな」

「一緒にいくわ」

眩《まぶ》しいものを見るように、夫は彼女の顔を見て言う。「おまえの名前が公表されたばかりなんだぞ。医者に診てもらうつもりが、安手のメロドラマの登場人物扱いされたんじゃかなわん」

「じゃあ、車の中で待ってるから」

「こんな結末になると、一度でも思ったりしなかったのか、おまえは?」

怒りが甦ったらしい。だが、それはもはや原初的な怒りではなく、実利的な悲嘆の色を帯びている。たとえ静かなハイブリッド車でも、怒ることはあるのだと言わんばかりにプリウスを急発進させると、彼は猛スピードで遠ざかっていった。

†

ハンナはグレアムにメールを送る。

記者会見を見た？

彼は返信をよこす。

きみはあそこにいったのかい？

ハンナの携帯がブーッと鳴る。電話がかかってきたのだ。知らない番号だった。

どこかの記者から電話がかかってきたみたい。

応じるなよ。

またしても未知の人間から電話がかかってくる。

電話番号を控えておくといい、とグレアムが助言する。そして裁判所に通報するんだ。メディアがわれわれに接触することは厳禁だ、と裁判長も言ってたじゃないか。

グレアムの返答の吹き出しの中で電球が三つ点滅しているのを見て、まだ言いたいことがあるんだな、とハンナは察しをつける。

きみに会いたいよ。

かかってくる電話が引きも切らない。ヴォイスメールのアイコンの数が九つに増えている。次にかかってきた電話で、夫の名前が現れる。

「もしもし?」ハンナは呼びかける。

すると、夫がだれかに何かを頼んでいる声が伝わる。「あんた、妻と話してくれよ」そして別の声が、「もしもし。ドクター・レヴィットですが」沈痛な、男性の声だった。「うちの看護師が何度か電話を差し上げていたんですがね。あまりいいお知らせではないんです。実は、ご主人が急性白血病にかかっていることがわかりまして」

医師の背後で夫が促す声が伝わる。「余命がどれくらいか、教えてやってくれ」

「余命を伝えるように、とご主人がおっしゃるのでお伝えしますが」医師は言う。〝余命〟という言葉を彼が発音するとき、その響きは、苦しげな夫のそれよりずっと落ち着いている。

「もし輸血をすることができれば、そして、もしご主人がそれに耐えられれば、三か月というところです」

「もし主人が耐えられなければ？」ハンナは訊き返す。

「数週間というところでしょう」

「それ以外に治療法はないんですか？」

「骨髄生検という方法で治療法を絞り込むこともできます」

「それでどういうことがわかるんでしょう？」

「余命が数週間か、あるいは数か月か」

「他に何か実験的な、試験的な治療法はないんでしょうか？」

「ご主人の年齢では難しいですね」

夫もいま、そこで聞き耳を立てているのだろうか？

「いま、主人と話せます？」

「もしもし」と、夫の声。

「はい、わたしよ」

「ドクターと話したかい？」

「ええ」

「おれの余命、聞いたか？」

こんどは、〝余命〟という言葉を発音するときの響きが、レヴィット医師のように落ち着いている。もし〝落ち着いている〟という言葉に〝距離を置いた〟というニュアンスがあるとすれば。

†

病院に着いて、混雑した待合室を見まわす。夫はガーデニング専門のチャンネルを放送中のテレビの下に配された椅子で眠っている。いくつもの病棟が蟻塚《ありづか》のように地下トンネルで連結されている、広大な大学医療センター。夫が頼りにしている血液専門医は、その血液科に勤務しているのだ。

テレビのチャンネルでは家のリフォームが進行中だった。ハンマーで叩く音や鋸《のこぎり》で引く音が盛大に流れている真下で、夫は頭をのけぞらせ、口をぽかんとあけている。その姿は、眠っているというより昏倒《こんとう》しているように見える。

やっぱり夫に同行したほうがよかったのだ、とハンナは思う。ここなら自分のスキャンダルなど気にかける必要はないのだから。何本もの点滴のチューブをまとい、車椅子にへたりこんだ人々のあいだでは、自分を巻き込んだ安っぽいメロドラマなど踏み荒らされた蟻塚に等しく、何の興味も呼び起こすまい。

ハンナは夫の前にひざまずいて、彼の膝に顔を伏せる。「ごめんなさい。あんなひどい告知をあなた一人で聞かせることになってしまって」

血のにじんだ脱脂綿が貼りついている腕が、弱々しく動く。ハンナの手をとって、夫は言う。

「さすがに、参ったよ」

「先生の話では、輸血をすればもっと余命も延びるんですって」

「たかが数か月だろう？」

「ね、家にもどるでしょう？」

勇気を振り絞ってハンナは言う――メゾソプラノでもコントラルトでもない、かん高い声で。

夫をプリウスまで連れていく手助けにと、看護師が貸してくれた車椅子に夫はへたりこむ。プリウスを駐めたのは四か所あるタワー駐車場の一番目だったと思う、と夫は言う。いや、待てよ、二番目のタワーだったか？　ハンナは車椅子を押して進入路を上っては下る。上り坂を上るのと、制動をかけながら下り坂を下るのと、どっちがこたえるか。ここは病院の駐車場なのだから、せめて暴走する車椅子のための緊急退避路があればいいのに、と思う。そう、険しい下り坂の高速道路には、たいてい暴走トラックのための緊急退避路が設けられているように。とうとう音を上げてタクシーを呼ぼうかと思い、念のため車のキーの〝アンロック〟ボタンを押してみると、プリウスのハザード・ランプが点滅して位置を知らせてくれた。

帰り道、夫はずっと眠っていた。ようやっと帰宅して、よろけながらも彼をベッドに運び込む。家の周囲には裁判長の警告を無視してひそむレポーターがいるかもしれないので、窓のブラインドを片端から下ろしてゆく。固定電話のコードも引き抜いて、自分と夫の携帯の電源を切る。どうにかすべてが終わり、椅子に腰を下ろして一息入れる。のしかかってくるような静寂にじっと聴き入った。

それから日が暮れるまで、夫は眠りつづける。それでもハンナは夫のふだんの就寝時刻まで待って、グレアムにメールを送る。夫の病状や治療法についてセカンド・オピニオンがほしかったからだ。こんな深夜にメールを読んでくれるような医師は彼しか思いつかない。

レヴィット医師から聞いたことをすべて克明に記し、夫の現在の病状や検査結果をも書き添える。グレアムが夫の過去の検査結果を見て病状の進行具合を判断できるように、夫のユーザーネームやカルテ閲覧のためのパスワードも伝える。そして最後にこう記す――余命に関して、あなたの見解も同じ？

そのとき、突然、背後から声がかかる。

「何かあったのか？」

書斎の戸口に夫が立っていた。けさ、病院に出かける前の雰囲気がもどっていて、この先まだ何年も生きつづけられそうな男に見える。

「あなたのことでセカンド・オピニオンが得られそうなサイトを調べていたの」ハンナは言って、さりげなくグレアムへのメールの送信ボタンをクリックする。

夫は二十六年以上も前にイケアで買った椅子にすわり込む。

「おれの病状のこと、〝奔馬《ほんば》性のがん〟と呼んでたよ、レヴィット医師は」

「ひどい命名ね、それって」

「おれは前から、自分はある日眠っている最中にぽっくり死ぬんじゃないかと思ってたんだがな。朝になっても目が覚めずに」

「あなたは楽天家だから」

「書きかけの回顧録、おまえが完成させてくれるか？」

本気で言っているのだろうか、とハンナは思う。「でも、回顧録って、本人の記憶がベースでしょう？」

「ちょうど、おれの人生におまえが登場するところまで書いたんだ。あとの出来事はおまえも覚えているだろうし」

「わかった。なんとかやってみる」約束はしたものの、ハンナにはわかっている。たぶん、回顧録は未完のまま段ボールの箱にしまい、あとで大学に送って、図書館の下の階に雑然と並ぶ棚の一角を占める、夫関係の他の保管文書に加えてもらうことになるだろう。

夫が再び寝入ると同時に、ハンナは自分の仕事部屋にもどり、グレアムからの返信がきていないか確かめる。メールの受信トレイには、〝アンカの睫毛〟といったユーザーネームのメールが何十通とたまっている。〝この世で最大の阿呆はだれだかわかった〟とか、〝おまえの住所は突き止めたぞ〟といった書き出しのものばかり。

やっとグレアムの返信が見つかった。


そうだな、ぼくの見解も同じだね。

仕事部屋のガラスの壁を見ていると、とりわけ夜間など、自分が何かに狙われているような気分になってくる。そう、いまにもフクロウが飛び込んできて、自分の髪をついばんだりしないかと。

†

ハンナは部屋の明かりを消す。湖畔の森はあまりにも暗く静まり返っている。あそこにはいま、裁判長の命令を無視するレポーターでもひそんでいるのではなかろうか？　でなければ、夫に忍び寄りつつある死の天使とか？

夫婦の寝室に入ろうとすると、低く嗚咽《おえつ》する声が聞こえて、ハンナはハッと立ちすくむ。中世の拷問台にでもかけられて、呻吟《しんぎん》しているかのような夫の声。

その声が薄れて消えるまで、ハンナはその場で待つ。夫が奪われようとしているものを考えれば、すすり泣くのも当然だ。夫はすべてを奪われようとしているのだから。

ハンナがとうとうベッドの前に立つと、夫は言う。「信じられんよ、数週間後には、おれはここにいないなんて」

ハンナはベッドのマットレスの上を這って、夫を抱きしめる。マットレスは体の形なりに窪《くぼ》む宇宙時代のスポンジでできている。ハンナは夫の形にへこんでいる窪みに沈み込む。

「まだまだ何か月もあるわよ」

「あと数か月後には、もうここにいないとはな」

ハンナには慰める言葉もない。そんな言葉は存在しないからだ。

「何か気がまぎれるようなことを言ってくれ」

「本を読んであげましょうか？」

「それより何か話してくれるほうがいい」

「どんなことでも？」

「ただおまえの声が聞ければいいんだ」

これまでの夫の気晴らしの種は、法廷物のスリラーを読むことだった。

「じゃ、わたしがなぜアンカは有罪と最後には認めたか、知りたい？」

「ああ、それはいいな」

ハンナはまず証拠からはじめる。だが証拠は——睫毛が燃えずに焦げていた件にしろ、ガソリンではなくシンナーが使われていた件にしろ——あと数週間しか生きられない人間の気晴らしには到底なり得ない。

ハンナは作戦を変えて、アンカの無表情な、スケッチブックのサンプルのような顔について話す。アンカより格段にきれいな双子の姉について、アンカがゆっくりと首をまわす癖について、何の感情もこもっていない自供について、最終弁論の最中にもせっせとチョコレートを食べていたことについて、話す。

「最終弁論の最中、アンカは一度だけ感情を露わにしたの。彼女の可愛がっていたダックスフントがサゴヤシの実を食べて死んだ件について、双子の姉が証言したときにね」
夫の口から洩れたのはただ一言、「苦しんだのか、そのダックスフントは？」

カーテンのかかった部屋で、ハンナの夫に看護師が言う。「輸血をするときはベッドに横たわってなさいますか、それとも車椅子にすわったままがいいですか？」

いま、夫の体重はもろにハンナの腕にかかっている。この二十四時間、夫の衰弱していく度合いはまさしくレヴィット医師の言ったとおり、奔馬のように激しかった。夫は車椅子がいい、と看護師に答える。本当はベッドにしたかったのだろうが、それは屈服のしるしだと思ったのだろう。

看護師が輸血用の血液が何本も吊り下がったカートを引いてもどってくる。その血液の量たるや、ホラー映画を連想させるくらいだった。

「これをぜんぶ輸血するのかい？」夫がたずねる。

「まずは最初の一本からですね」と、看護師。

ハンナはタバコを吸いたくなって、「ちょっとコーヒーを飲んでくるわ」と夫に言う。「あなたも飲みたい？」

「水分はとってかまわんのかい？」

夫が訊くと、

「ええ、アルコールは禁止ですけどね」看護師は答えて、血液の袋を夫のすわる椅子のわきに置かれた点滴用スタンドに吊り下げる。夫はその椅子にすわって、もそもそと体を動かしている。ごわごわしたビニール張りのその椅子は、ふつうのアームチェアに比べれば、イタリア製の高級シューズに対する糖尿病患者用のシューズに等しい。

ハンナは病院の外に出て、タバコを吸える場所を探す。たとえ大学構内が禁煙であろうとかまうものか、という気持になっていた。そう、たとえ逮捕されたってかまわない。あちこち探して、結局、救急車の待機ゾーンの近くでスパスパやっている二人の反逆者に加わることにする。大学医療センターに続々と入ってゆく患者たちは、聖地ルールドへの巡礼者のように見える。グレアムも、どこかこの近くで働いているはずなのだ。つい彼の姿を探してしまう。彼と話がしたいわけではない。ただその姿を見るだけでいいのだ。この思いは、すぐには消え去りそうにない。

そのとき、よちよち歩きの子供の手を引いて、一人の女性が近寄ってくる。

「あんたなんか溺れてしまいなさいよ！」言うなり子供を抱え上げて、大股に歩み去ってゆく。あの怒りはタバコに向けられたのか、こんどの判決に向けられたのか、どっちだろうとハンナは思う。それにしても、どうして〝溺れてしまいなさいよ〟などと？『センティネル』紙に掲載されたＣ－２の紹介記事中の、〝好きな息抜きは水泳〟というくだりが頭にあったのだろうか。

タバコをもみ消して、輸血液の袋につながれた夫のもとにもどる。

「おれのコーヒーを忘れたな」彼女が手ぶらなのを見て、夫が言う。

「あ、ごめんなさい。やっぱり飲みたい？」

「まあ、いい。それより、〝ドクター・デス〟がおれの希望について、話があるんだそうだ」

〝ドクター・デス〟？　夫は幻覚症状に陥っているのだろうか？　それとも、わたしのほうが？

「だれのこと、〝ドクター・デス〟って？」

「看護師たちが陰で彼をそう呼んでいるのを聞いたんだよ。実はいいやつさ。緩和ケアが専門の医師なんだ。おれにDNR（蘇生措置拒否文書）に署名させたがっている。おれは断ったんだがね」

輸血液の袋の中身は、さっきハンナがここを出ていったときより減っているようには見えない。

若くてほっそりしたインド系の男性が、カーテンを払って入ってくる。

「いま話していた先生だ」夫が言う。「先生、妻のミセス・リクラーです」

とっさには、夫が自分のことを指しているのだとは気づかなかった。ハンナはこれまで夫の姓を名のったことがない。頭の中で、〝ミセス・リクラー〟とは夫の前妻のことをさしていた。

「ミセス・リクラー」医師が言う。「先ほど、ご主人にお話ししていたところなんですよ。もし心臓が止まった場合、蘇生措置を受けるかどうかは完全にご主人の自由だと」

夫は膝を蔽う毛布を引っ張って、指の爪を噛む。

ハンナは夫の前にひざまずく。「あなたはその場合、あらゆる手段を先生方に尽くしてもらいたい？」

夫は眼鏡をはずし、毛布でこすってレンズをふく。彼はまだ完全にハンナを信頼している様子ではないが、ほかにどうしようもない。

「もし、すこしでも希望が残っているならばな」彼はとうとう言う。

「夫は署名しません」ハンナは医師に告げる。

「で、心臓が蘇生した後、わたしはどうなるのかな？」夫がたずねる。

「苦痛を和らげるため、それと、挿管を容易にするため、あなたを昏睡状態に誘導することになるでしょう」

「痛みの程度は？」

「あなたの年齢だと、骨が容易に折れてしまいます。蘇生させる際に胸を相当圧迫することになるので、かなりの肋骨が折れてしまうでしょうね」

「じゃあ、やっぱり蘇生はなしだ。どこに署名すればいいんだい？」

ハンナは署名されたＤＮＲの財布大のコピーを手渡されて、これから常時それを携帯するよう指示される。

それから三時間たって、輸血液の袋がようやくからになり、看護師が二つ目の袋を持ってくる。

「もうたいていにしてくれよ」夫は言う。

†

夫を車まで運ぼうと駐車場まできたとき、ハンナは再びだれかにつけ狙われているような直観がはたらいた。間違いない。だれかに尾行されている。パッと振り向いて、レンズがキラッと光ったように見えた柱の方角につかつかと歩いてゆく。

首から望遠レンズをぶらさげた、汗だくの肥満体の男が、柱の陰に隠れようとしていた。どう怒鳴れば、あいつは恐れ入るだろう?

「もうたいていにして!」と彼女は叫ぶ。

夫のもとにもどると、車椅子がゆっくりと下に動きはじめたところだった。夫がサンダル履きの両足を床についていてブレーキをかけている。カーヴに達する直前にハンナはつかまえることができた。

「なんでおれをほっぽりだすんだ?」夫が言う。

足は床について、ベッドに半ば倒れ込んでいる。一晩中酒を飲みすぎて、沈没してしまった男の姿勢。だが、その姿には歓楽をきわめて酩酊《めいてい》した者の喜びはない。この男はこれから死にゆく光に怒りをぶつけようとしているのだと想像できる者は、泥酔した老詩人くらいのものだろう。光はだれを照らすのか？〈死〉は面倒見がよすぎる。〈死〉はハンナの夫が寝入るたびに肩を叩いて目覚めさせ、自分はほどなく死ぬのだと思いださせる。〈死〉は、それでなくとも冷たい彼の足に氷のかけらをのせる。〈死〉は彼の膀胱《ぼうこう》を充満させ、死ぬのをしばし忘れて熟睡する彼に排尿の切迫感を突きつけて目覚めさせる。

ハンナは夫の体に毛布をかける。

「あの医師から電話があったか？」夫が目を閉じたまま訊く。

「電話がかかってくることになってるの？」

「もう血液検査の結果が出ているはずなんだ。それで、輸血の効果があったかどうかがわかる」

「検査の結果ならオンラインで確かめられるわよ」

「しかし、素人には検査結果の数値が何を意味するのか、わからんだろう」

「それなら、あなたにも話したセカンド・オピニオンのサイトで確認できるはずだわ」

†

ハンナにはすでにわかっていることを、グレアムは裏づけてくれた。輸血は確たる効果をもたらしてはいないという。

ハンナはベッドに横たわる夫の隣りに腰かけている。が、夫には触れない。前回夫を抱きしめたとき、彼は苦痛の悲鳴をあげたからだ。

「やっぱりな」夫は言う。「何の効き目もなかったんだ」

ハンナはいま心の底から思っていることを夫に伝える。できるものなら、わたしに許された寿命から十年差し引いてあなたにあげたい。

「もらえるもんか、そんなもの」

「ねえ」ハンナは思い切って言う。「いまのうちに決めておかないと。いよいよとなったら、あなたは病院に向かいたい、それともこのうちに最後までいたい？」

夫はじっと彼女の顔を見つめ返す。せっかく忘れていたことを思いださせてくれたな、とでも言いたげな眼差しだった。

「ここがいい、それとも病院がいい？」ハンナはくり返す。

「ここか？」

「ここにする？」

「ここにしよう」夫は言う。

†

通いのホスピス看護師は大柄なジャマイカ系の女性だった。見るからに陽気で快活な女性で、これなら夫も安心して頼れそうだ、とハンナは思う。看護師はまず部屋のカーテンをあける。それはハンナの素性が世間に公表された日からずっと閉じられていたのだが。

「カーテンは閉じておいたほうがいいんだけど」ハンナは看護師に言う。

いまはベッドに起き上がっている夫の体調を、看護師は調べる。

「血圧は計らないのかい？」

夫が訊くと、看護師は答える。

「もう血圧なんか心配しなくていいんですよ」

「薬は服《の》まなくていいのかな？」

もう血圧は計らなくていいと断定的に言われて、夫がショックを受けていることをハンナは見てとる。

「鎮痛薬はどうなんだい？」夫が訊く。

「それよりもっといいものがありますよ」看護師は答える。「アイスクリームはお好きですか？」

「嫌いなやつなんているのかい？」

「もう好きなだけ食べてください、アイスクリームを」

看護師は夫が裸になるのを手伝って、水を含ませたスポンジで彼の体をふく。彼女の手が黒いだけに、露わになった夫の肌がやけに生っ白《ちろ》く見える。黒と白。カメラが誕生してから百年間、写真家はその二つの色だけを斟酌《しんしゃく》するだけでよかった。

帰る前に、また明日まいりますから、と告げたのち、看護師はハンナに『そのときがきたら』という小冊子を手渡す。表紙には、水に漂う木の葉の写真があしらわれている。ハンナは目次だけをちらっと見る。

生命の終わりに目指すこと
この世からの退場
食べるものの変化
排泄の変化
呼吸の変化
体温の変化
混乱
動揺と不安
幻視体験

エネルギーの波
告別
死が近づいたとき
死の瞬間

そのうちある晩、夫が高熱に襲われる。熱にうなされながら、夫は毛布をかなぐり捨て、Tシャツをまくり上げる。背中や尻に浮かんでいた青い打ち身のようなものが一つにつながっているのにハンナは気づく。それはもはや離れ離れの小島ではない。

すぐホスピス看護師に電話を入れ、夫が高熱にうなされていて青いあざが大きく一つにつながっていることを話すと、看護師は言う。「すぐ体温を計ってください」

体温は三十九度弱だった。

「解熱剤のタイレノールを二錠与えてください」看護師は指示する。「三十分後にもう一度体温を計って、結果を教えてくれますか」

言われたとおり、三十分後に体温を計ってみる。ハンナは不安になる。夫の体がひんやりしてきたのだ。

「いま悪寒でふるえてるんだけど」看護師に伝える。

夫は歯をカタカタ言わせて、鼻血が出はじめる。

「鼻血も出てきたわ」

「じゃあ、ベッドに起き上がらせて、頭を前に傾けてください。で、鼻の柔らかな部分をつまんでください。十五分後にまだ鼻血がおさまらなかったら、電話をいただけますか」

鼻をつまんでも血は止まらない。鼻の組織が血をせき止められないのだ。フェイスタオルも役に立たない。

たった五分しかたっていないのに、どれくらい血を失うことになるのか。

思い切ってグレアムに電話する。「四日前に輸血した分が、残らずあふれ出てくるような感じなの。どうしたらいい？」

「ぼくがそっちにいこうか？」

「夫が気づくわよ」

「いや、ぼくの顔は見てないはずだよ」

「あなたはだれだということにする？」

「夜勤の看護師だと言えばいい」

†

グレアムが到着したとき、出血はかなり減って、なんとか対処できる程度におさまっていた。玄関で彼を迎えたハンナは、危険な状態はすぎたので帰ってもらって大丈夫と告げる。本当に危機的状況だったのだという証拠——赤く染まったティシューや脱脂綿——を見せたほうがいいのかもしれない、とハンナは思う。そう、グレアムを呼んだのは彼に会いたかったからではない、というしるしに。

気配を感じたらしく、夫がリビングのベッドから声をかける。「夜勤看護師だろう、入ってもらえよ、せっかくきてくれたんだから」

グレアムは、鼻をつまんでいてください、とハンナの夫に言ってから、背中の青いあざを調べ、聴診器を胸にあてる。あまりにも皮肉な光景なので、いま手元にカメラがあったとしても自分は撮らないだろうとハンナは思う。

いや、やっぱり撮るかもしれない。

グレアムは夫の腕に血圧バンドを巻き、空気を送り込む。夫の腕の筋肉は太いロープから細い紐《ひも》に変わってしまった。ハンナは発作的にグレアムに言いたくなる――若い頃の夫はエネルギーの塊だったのよ。世界をぐいっと自分に引き寄せる重力のようなパワーを持っていたの。こんな、骨と皮のような体ではなくって。

「昼間の看護師は一度も血圧を計ってくれないんだ」夫は言う。

「おつらいようだったら、止めましょうか」

「いや、かまわない。いまどれくらいかな、おれの血圧は？」

グレアムはハンナに目配せして、本当のことを言っていいか、とたずねる。夫の血圧は、まさかと思うほど低い。パンクした自転車のタイヤの圧を空気入れで計ったときのような値だ。

「いまどうなってるんだ、おれは？」夫は訊く。

グレアムはまたハンナの顔を見て、言ってかまわないか無言でたずねる。それを見ていた夫が言う。「女房の顔色なんか気にせずに、正直なところを言ってくれ。おれには知る権利があるはずだ」

「あなたはいま循環不全に陥っているんです」グレアムは言う。

「わかりやすく言うと？」

「そのぅ、最期が近づいてきた、と言ったらいいか」

「いますぐにか？」

「いえ、あと何日か。何週か、とは言えません」

はじまったのだ、とハンナは思う。でも、終焉《しゅうえん》がはじまった、という言い方はあるだろうか？

彼女はグレアムを車のところまで送って、礼を言う。だが、いまは一刻も早く夫のもとにもどりたかった。

夫のベッドはリビングの、目をあけてさえいれば常時湖を眺められる位置に据えられている。ハンナがもどってきてベッドの端に腰かけると、夫は言う。

「これ以上頑張っても無駄かもしれんな。悪くなる一方だ」

その声にはしかし、以前のような張りがもどってきている。

「もしおれがおまえの老犬だったら、明日には楽に眠らせてもらいたいもんだ」

「わからないわよ、明日の朝起きたらどんな気分に変わってるか」そう応じながらも、先の見えている人間にそんなことを言っても無意味だと、ハンナにはわかっていた。

翌日訪れた看護師に、いまの痛みの度合いを1から10の数字で示すとしたらどのくらいですか、と訊かれて、夫は言う。「もしおれがあんたの老犬だったら、きょうには片をつけてもらいたいな」

きのうは〝眠らせて〟だったのが、きょうは〝片をつけて〟と夫は言う。

「でも、この老犬さん、用意はできてるのかしら」と、看護師。

「できてるとも」夫は答える。

三本の薬壜、液体モルヒネ、十本の経口注射器、そして点眼液。順々に並べてゆく看護師の手先を、ハンナはアンカのように無表情な仮面を保って、叫びだしたくなるのを抑えながら見守る。

「処方箋には、苦痛と極度の不安に対処するため、二時間ごとに〇・五ミリグラムを口から与えることと書いてあります」看護師は経口注射器で液体モルヒネを――外筒の目盛りの中間点は無視して――最大限吸い上げる。一本、二本。「あらかじめ二本か三本の注射器を用意しておいたほうがいいですね。そのときになると手先が震えることがよくあるので。ご自分でも一本用意してみますか？」

ハンナは経口注射器のプラスティックの先端をお茶のような色の液体に突っ込んで、プランジャーを引き上げる。液体が〇・五ミリグラムの目盛りまで達したところで看護師の顔を見ると、彼女は表情を殺した、仄《ほの》かな笑みを含んでいるような顔でこちらを見返す。ハンナは注射器にモルヒネを充填し終える。

「処方箋では、二時間ごとに与える、となってますけど、〝その時々の苦痛と不安に応じて〟、とも書いてあるんです」看護師は言って、また別の注射器をハンナに手渡す。「ご主人が痛みや不安に耐えられないようでしたら、一時間ごと、場合によっては三十分ごとに与えてもかまいませんから」

キッチンのカウンターには、モルヒネの充塡された経口注射器が四本並んだ。

「なんでしたら注射器を十本用意しておいてもいいんですよ」看護師は言って、言外の意味がハンナに伝わるのを待つ。ハンナが要領を得ない顔でうなずくと、看護師はくり返す。「おわかりですね？」

「モルヒネがなくなったらどうすればいいの？」ハンナは訊く。

「そのときのために、先生から二番目の処方箋を出してもらってあるんです。奥さまの手がすべって、この液体モルヒネをこぼしてしまったような場合に備えてね」

看護師は一本目の小壜を手にとって、小さな白い錠剤を三個ゆすりだす。「アルプラゾラムです。極度の不安を和らげるのに効きます。終末期の患者さんはすごく動揺して混乱することがありますからね。これを服ませると落ち着きます」看護師は同じく白い錠剤の入った二本目の小壜をとりあげる。「臭化ブチルヒオスシンです。痙攣《けいれん》を抑えるために使います」

痙攣？

「アルプラゾラムと一緒に与えてください」言ってから看護師は三本目の小壜の蓋をあける。「ハロペリドールです。万が一、妄想や幻覚症状が出た場合に使います」

看護師はスプーンを二つとりあげ、一方に錠剤をのせてから、それをもう一方のスプーンで押しつぶし、白い粉状にする。「与えるときは、ご主人の下唇を下に引っ張り、唇と歯茎のあいだにこの粉をのせてください」

次いで看護師は点眼液をとりあげる。「吐き気に対処するためです。ご主人が目をあけられないときは、目蓋をそっと上に引っ張って、〇・三ミリグラム分をさしてあげてください」夫の目蓋を引き上げるときのことを、ハンナは想像してみる。現れた目に恐怖の色が浮かんでいたら、いや、もっと怖いことに、何の感情も浮かんでいなかったら、どうしよう。キッチン・テーブルはいまや病院で看護師が押すカートのような様を呈してきた。

「もし間違えたら、どうしよう?」

「大丈夫、間違ったりはしませんよ」看護師は言う。

†

玄関で看護師を見送ってからハンナがもどってくると、夫が用心深そうな目で迎える。「こんなに調子がいいのは、何日かぶりだな」ベッドの油圧装置の助けを借りて、彼は身を起こしていた。「輸血の効果が出てきたんじゃないのか?」

ハンナは看護師から渡された小冊子の〝エネルギーの波〟という章に目を走らせる。

終末期の患者は、突然、エネルギーの昂揚を味わうことがある。それによって、病状が回復したのだという偽りの希望を抱きやすい。そのとき患者は人生最後の全身的な躍動感に包まれているのかもしれない。

「腹が減ったよ」夫は言う。

夫が食べられそうなもの――クッキー、クラッカー、ヨーグルト、アイスクリーム――をのせたトレイを持ってハンナがもどってくると、夫はまた意識を失っている。この状態をもはや〝眠っている〟とは呼べない。夫の肌からエネルギーが蒸発していくところまでハンナには感じとれる。

夫はもうその用意ができているのだろうか？　わたしのほうは？　念のため、もう一度夫を起こして確かめてみようか？　あなたはやっぱり死にたいの？　でも、だれがいったいそんな問いかけをされたいだろう？　夫の脳裡に最後に残る記憶は、食欲にまつわるものがいいのだろうか？　それとも、一縷《いちる》の希望の記憶？　もし、すこしでも希望が残っているならば、と夫は〝ドクター・デス〟に言っていたことがある。

看護師に教えられたとおり、ハンナは注射器いっぱいのモルヒネを夫の下唇と歯茎のあいだに流し込む。所定の量の倍だが、致命的な量ではない。夫の口がまだひらいているあいだに、錠剤の粉末を歯茎にふりかけてやる。粉の一部が顎にこぼれ落ちた。

この人はもう白い光に向かうトンネルを通り抜けようとしているのだろうか？　そこで、いまは亡き家族の面々に迎えられようとしている？　神経科医は、それをドーパミンのあふれ出た状態と形容する。仮にそういう化学的な法悦境が存在するのなら、モルヒネは夫からその最後の快楽を奪うことになりはしないだろうか？

ハンナは夫の目蓋をひらいて、点眼液をさす。彼女の目に映るのは法悦境ではない。夫の瞳は水っぽい茶色の虹彩を侵食し、虹彩は隣りの白目の部分に滲み出ているように見える。それこそが痛苦の表れなのだろうか？

夫にモルヒネをもう一本分与え、ベッドの端に腰かけて、夫の魂が宇宙の彼方に吸い込まれてゆくのを待つ。

彼女は泣かなかった。涙は自分自身のためにしか流すまい。

ホスピスの小冊子を手にとって、〝死が近づいたとき〟の章に目を走らせる。

死が間近い徴候は以下のとおりです。人間の死のプロセスには一つとして同じものはありません。これはごく基本的な徴候であることを忘れないように。

肌の色の変化
間遠になる息
弱々しい脈拍
血圧の低下
尿量の減少、もしくは尿の断絶
目蓋が完全に閉じ切らない

ハンナは夫の目を見る。目はひらいている。

「あなた、まだ大丈夫よね？」

もっとよく見る。瞳孔が鉛筆の芯の先端ほどに小さくなっている。

二時間たって、さらに〇・五ミリグラムの使用を処方箋が指示しているとき、ハンナは注射器三本分を与える。

それから自分も鎮静剤のアルプラゾラムを二錠服んで、ソファに長々と横たわる。すぐ耳元で夫のざらついた吐息が聞こえる。それはかなり間遠になっている。

次にハンナが目を覚ましたのは五分後だったのか、五時間後だったのか、彼女にはわからない。夫はまだ生きている。

ハンナは一連の作業をくり返す。モルヒネを注射器三本分。三錠分のアルプラゾラムを粉末にして。さらに臭化ブチルヒオスシンを二錠、粉末にして。それと一滴の水。もし自分が裁判にかけられたら、検察官は苦もなく殺人を立証してのけるだろう。状況証拠はそろっている。若い妻。その愛人。年老いた夫。錠剤が完全に水に溶けたとき、ハンナはペイスト状になった薬を可能な限り優しく夫の歯茎と唇の間になすりつける。夫の目に湖水が映るようにカーテンを引く。盗撮を狙う者が付近にひそんでいたって、かまうものか。勝手に写真を撮ればいい。

これは殺人なんかではないのだから。

これほど勇気を要する、慈しみに満ちた行為を自分はしたことがあったかどうか。

ハンナは点眼液に手をのばす。夫の目は再び閉じていて、目蓋をあけなければならない。虹彩はすでに消えていた。流失してしまったのだ。そのとき突然、もうしばらく夫の吐息を聞いてないことにハンナは気づく。夫の胸に耳を押しつけた。沈没船の壁を内部からハンマーで叩く音は消えていた——。

†

夫が守っていた宗教的行事はたった一つしかない。それはユダヤ人の子弟として受けた躾《しつけ》の中から慎重に選んだもので、母親の命日にろうそくをともすことだった。ユダヤ人は、愛する家族の一員が亡くなると、その遺体を洗うことで敬意と惜別の意を表すということを、ハンナはどこかで読んだ覚えがある。

その際はごくふつうのタオルを使うのかしら?

彼女はボウルに満たした水に液体ソープを加えた。水が温まるのを待つべき理由はない。遺体をタオルで拭ってゆくと、もはや夫のようには感じられない。夫はつい数分前にその遺体から抜け出てしまった。それはもはや夫ではない。

最後の息を吐いたとき、夫の記憶もまた遺体から遊離したのだろうか? 彼の少年時代の記憶も消え、二人の結婚生活の記憶もまた消えてしまったのだろう。ハンナが頭をもたせかけた、くる病で変形した肋骨も早や朽ちかけている。

遺体を拭き終わると、ハンナはカメラをとってくる。二人が暗黙の裡《うち》に了解し合っていた、滑稽なほど大きな二人の歳の差の利点。それは、夫が写真家としてのハンナとは競い合わない、ということだった。だから夫は、自分の死の瞬間も撮ってもらいたがっただろう。情は殺していい写真を撮れ、と言っただろう。常々ハンナが言っていたこと、つまり、撮るべき対象は自分の知っていることか、知りたいことか、そのどちらかだということを、いま思いだせ、と言っただろう。だが、優れた写真家は、自分の知りたくないことも撮るものなのだ。

ハンナはカメラを遺体に向ける。が、シャッターは押さない。

自分がすでに見ているものを、わざわざ証拠に残す必要はあるだろうか？最近よくしているように、ただまばたきをして、その映像を記憶に刻むだけで十分ではないのか？

ハンナはまばたきする。

もう一度。

さらにもう一度。

それは象徴的な写真を撮るためでも、記録するためでも、映像を脳に焼き付けるためでも、視覚的な刺激を締め出すためでもない。

ただあふれ出る涙を抑えるために、彼女はまばたきをする。

そして思う。なぜ抑える必要があるの？

「処方箋ができています」自動音声が耳元に響く。

ハンナは電話を切る。

一時間後にまた固定電話のベルが鳴る。「処方箋ができています」

ハンナは血の通った人間と交信できる唯一の番号をプッシュする。

「処方箋ができているんですが」十分間待たされたあげく薬剤師が言う。

「何の処方箋？」

「モルヒネです」

「それはもう要らないわ。もう用がないから」

「でしたら、こちらにいらっしゃって、この薬品は受け取らなかったという申告書に署名していただかないと。モルヒネは第二類の麻薬ですので」

「夫は二十四時間前に亡くなったんです。うるさい電話を止めてもらうには、写真入り身分証明書を持って出頭しなくちゃならないのね」

「ご主人のこと、お悔やみ申し上げます」

気が重かったが自分で車のハンドルを握って、ドラッグストアに赴く。キャンディやシャンプーやペットフードの棚の前を通って店の奥に入ってゆく。先着していた四人の客が薬剤師の窓口の前で待っている。愛する者と死別したばかりの客用の窓口が別にあってもいいじゃない、とハンナは思う。レジの隣りにはタブロイド紙や雑誌の棚。ハンナは身を引き締めて、新聞の大見出しを読んでゆく。またあの裁判がとりあげられているかもしれない。それだけならまだしも、自分が〝もうたいていにして！〟と叫んだ瞬間を盗撮された写真とか、もっとひどい場合は、自分が夫を〝殺して〟いるところを家の裏の林から盗撮した写真とか。

だが、『ＯＫ！』誌の一面、右上を占めているのは、新顔の、ステファーナのように可愛い女性の写真だった。見出しには、〝教科書どおりの殺人〟とあり、つづけてこう書かれている――〝やるならいましかないわよ、とミシェル・カーターは自殺をためらうボーイフレンドを煽るメールを送った〟。

わたしたちはもう昨日のニュースになっちゃったみたいよ、とハンナは夫に語りかける。それは独り言ではない。夫がもうこの世にいないからといって、二人の結婚が終焉したわけではないのだ。〝死が二人を分かつまで〟というフレーズは、法令の規定ではない。一つの提言にすぎない。

ハンナは足踏みをし、腕を掻き、周囲を見まわす。補聴器の電池を買っている男性客が一人。ビタミン剤の壜のレッテルを読んでいる女性客が一人。ハンナはようやく無名の大衆の一人にもどることができた。もう彼女をじっと見守る者はいない。

夫を含めて。

悲しみは、足元からカーペットが引き剝がされたようには感じられない。そもそもカーペットがないし、カーペットを敷くべき床もない。カーペットを敷く床を支える地面もない。

†

†

夫の親友のレニーから電話がかかってくる。

葬儀の準備はしてないの、とハンナが伝えると、彼は言う。

「じゃ、何か指示書きのようなものを彼は遺したかい？」

あるとき夫から〝認知症か死か〟と題するファイルを見せられたことを、ハンナはうっすらと覚えている。どこにしまっただろう、あのファイル？　夫の書斎のキャビネットをかきまわすと、そのファイルが出てきた。いろいろなカードのパスワード。二人が書いた、財政面、生活面に関する遺言書のコピー。二人の銀行口座のリスト。彼のマイレージの会員番号。そして、フロリダ州献体局からの書簡も。

親愛なるリクラー様

あなたが、医学教育の向上を願ってフロリダ州献体局に献体を申し入れた正規の申込書のコピー、たしかに受領いたしました。

この書簡は、あなたの深遠なる寛大さに対して感謝と敬意を表するささやかなしるしと受け止めていただければ幸いです。あなたの寛容な決断は、大きな賞賛に値します。その決断は必ずや医学の進歩に貢献し、国民の生活の質のさらなる向上に役立つに相違ありません。われわれはあなたと共に、それを心から願うものです。


書簡の日付は十二年前になっている。夫が初めて大学で教鞭《きょうべん》をとりはじめた頃だ。もちろん、そのときはまだ解剖学の教授であるグレアムのことなど知ってはいない。

「あの人、自分の体を科学の進歩のために献《ささ》げていたの」レニーに言ってから、ハンナは夫の顧問弁護士としてのレニーに依頼する。「大学に電話して、あの人の遺体を大学の医学部に運び込む手続きをとっていただけないかしら」

それ以上の詳しい説明は省いた。グレアムのことはレニーもすでに知っているはずなのだ。電話を切られたのかなとハンナが思うくらい長い間をおいてから、レニーは言う。「まあ、それはあんたが決めたわけではないしな。最後の望みとは、まさしくその言葉どおり、だれかの最後の希望なんだから」

もし、すこしでも希望が残っているならばな。

†

解剖の目的は、その人物がどう死んだか、だけではなく、どう生きたか、をもさぐることにあるんだ、とグレアムは言っていた。夫はゴムバンドやアルミホイルまでリサイクルに出していた人だから、自分の死体も無駄にしたくはなかったのだろう、とハンナは思う。

おそらく夫はうつ伏せに横たえられ、背中だけが露わになるのだろう。背中は人間の体で最も個性の感じられない部分だという。だがハンナは、グレアムがあの晩自分の体を指でたどりつつそう教えてくれたとき、本当にそうだろうか、と疑問に思ったのだった。たしかに、無関係な人間の目に、背中は最も非個性的な部分に映るだろう。だがハンナは、グレアムの言う〝最も個性的な部分〟である自分の手と同じくらいつぶさに、夫の背中の特徴を知っている。

解剖台上の夫の体は、次にグレアムか彼の生徒の一人の手で仰向けにされるだろう。そして一連の切開がはじまる。

変形した肋骨を含めて、胸郭全体が取り除かれる。グレアムはそのとき、肋骨の変形は子供の頃のくる病によるものだ、と解説するのだろう。

ある時点で、グレアムはひらかれた夫の胸の中に手を沈め、縦隔の中に指を差し入れて後仙骨孔から静脈と大動脈をとりだす。そしてそれを持ち上げて、夫の心臓がかつてどんなふうに脈打っていたかを学生たちに示すにちがいない。

グレアムのその手に自分の体を触れさせることは二度とあるまい、とハンナは思う。

それからの数週間、ハンナにとってはどれがどの日かわからないような日々がつづく。湖のはるか彼方ではいまも世の中が動いていることを、テレビだけが教えてくれる。テレビから流れる声には音楽よりも癒される。音楽はさまざまなことを感じさせてしまう。音楽を聴くと踊りたくなってしまう。

気持が落ち着かないままに、ハンナは夫のゆかりの品々を処分してきた——彼のスーツ、靴、ルーペ、縁起かつぎの小石、補聴器、補聴器の電池、バンドエイド、電動歯ブラシ、各種の軟《なん》膏《こう》、加圧ソックス、彼が頼りにしていたビタミン類、そして栄養補助食品の使い残し。落ち着かない気持はいま、沈潜した焦燥感とでも呼ぶべきものに変わっている。それは罠《わな》にかかった動物のパニック状態ともちがう。だれか遅れてくる人がいるからそこで待ってて、と頼まれた人間の心境に近い。

しかし、だれを待つというのか？

湖の彼方の世間に関心が向くときがあるとしたら、アンカ・バトラー裁判関連の事柄を読んだり見たりするときだけだった。ユーチューブのおかげで、ハンナはアンカの量刑に関する審問手続きのシーンを四回見直すことができた。その審問が行われているあいだは、ハンナの意識もこの静まり返った家ではなく法廷にもどっている。

「あたしはママとパパに謝りたいです」アンカは折りたたまれた紙に手書きで記された声明を読みあげていた。「あたしはただ、あたしがケイレブをどんなに愛しているかをママとパパに証明したかっただけなんです。どうしてこんなことになってしまったのか、あたしにはまだわかりません。なんとかわかりたいんですけど。いまは毎朝目を覚ますたびに、あの日起きたことをすべて変えられたらと思います」

アンカが独力でその声明を書いたとは、信じられない。とりわけ〝prove《証明する》〟という言葉など、十代の女の子がたどたどしく読みあげる声明にはなじまないような気がするのだ。いったいだれが手伝ったのだろう？　アンカの弁護士？　母親？　双子の姉？　とりわけハンナの興味を引いたのは、声明の後半の次のくだりだった。

「あの日あたしは二人の人生、ケイレブの人生とステファーナの人生をめちゃめちゃにしてしまいました。いまではだれもステファーナの潔白を信じていません。あたしは両親と法廷に対して言いたいです、ステファーナはあたしに火をつけろなどと命じませんでしたし、あたしに自供しろなどとも言いませんでした。このことは書かないようにと弁護士に言われましたが、でも、本当なんです。あたしは怪物です。だから牢屋で朽ち果てて当然なんです」

自ら獄房に入って扉の鍵も投げ捨ててしまおうとするアンカ。彼女を救おうとして、弁護人はアンカの優しい性格を知る証人たちを喚問する――アンカの担任の教師、アンカの母方の祖母、アンカを診ていた精神科医、そして最後にアンカの両親。

最初に証言台に立ったのは父親のほうだった。彼は言葉を絞り出すようにして証言する――

怒りを抑えきれないかのように。「翌日は何か雰囲気が変でした。火災が起きた当日の晩は、みんなでわたしの祖母の家に泊まったんです。わたしと家内はベッド兼用のソファで寝ました。翌朝目が覚めると、アンカがそばに立っていました。ふだん、あの子がわたしを起こすときは、ベッドの足元に立ってわたしの脚を揺するのです。ところが、あの朝はわたしの腰のそばに立って、わたしと家内をじっと見下ろしていました……なんだかぞっとするような雰囲気でした」

「で、アンカはすぐその場を離れたんですね？」弁護人がたずねる。

「ええ、外に出ていきました。犬に餌をやらなくちゃ、と言って。あの晩、犬は祖母の家のガレージに押し込めておいたんですよ」

「その日、アンカにはそれからも会いましたか？」

「いいえ。アンカは犬と一緒にガレージに閉じこもっていたんでしょう。はっきりはわかりません。われわれは息子の葬儀の手配で忙しかったもんですから」

「あなたとアンカの仲は親密でしたか？」

「あの子はわたしの息子を殺したんです。それ以外のことは話したくありません。話したいのはケイレブのことだけです」

次いで母親が証言台に立つ。アンカは動物を可愛がる物静かな子供でした、と彼女は語る。入り乱れる感情に顔も歪んで、その裏にどんな思いが交錯しているのか読みとれない。ハンナはかつて自分が撮った動物の母親の顔、子供を助けたくとももう手遅れだと悟った瞬間の動物の母親の顔を思いだす。

だが、ハンナはいまカメラをかまえてはいない。いまとなっては修正しようのない記憶が甦る。ハンナは最後のモルヒネの注射器を手に夫のそばに立っている。そのモルヒネを投与する前に、彼女は夫の胸に耳を寄せて、消えゆく命の最後の慟哭《どうこく》を聞きとろうとしている。

ハンナの意識は再び法廷に立ちもどる。裁判長が量刑を言い渡している。裁判長と報道陣の目に、アンカの顔はさぞ無表情に見えただろう。だがハンナの目には、動物を可愛がる物静かな子供の顔が見える。アンカは依然として、火事が起きたあの夕刻に何があったのか、はっきり認識できずにいる。この先もずっとそのままで終わるのだろう。

一通の手紙が届く。送り主はベヴァリー――〝コーンロウズ〟――だった。あのときの陪審員たちの中で、いちばん手紙などよこしそうにない人物だ。周回遅れのお悔やみの手紙だろうか？　事実、あれから四か月たったいまも、そういう手紙がときどき届くのだ。するとハンナはたいてい読まずに捨ててしまう。不快感からではない。その正反対だった。彼女はこう想像してしまうのである――送り主はたぶん言葉にできない感情をなんとか言葉にしようと悪戦苦闘したあげくとうとうあきらめて、ごく陳腐な決まり文句を書きつらねることにしたのだろう、と。

だが、あの陪審員たちの一人が手紙をよこすという意外性に引かれて、今回は内容を読むことにした。お悔やみの手紙ではなかった。そうではなく、裁判終結後六か月を記念して陪審員仲間の同窓会をひらこうという趣旨の招待状だった。会場はマスコミに嗅ぎつかれないように、追って開催日直前に通知するという。会の幹事役であるベヴァリーの手紙も同封されていた。文中には、外傷とか男性のズボンの前ジッパーに言及する場合を除いて、ハンナが日頃まず使うことのない〝再点検〟などという言葉も含まれている。

ハンナはとうてい出席する気にはなれない。

郵便受けから玄関にもどる途中、下水溝のそばで瀕死のアライグマを見つける。どうして最初に郵便受けに向かう際に気づかなかったのだろう？　フェンスのそばの、岩がむき出しになった下水溝の中にそれは横たわっていた。用心して遠巻きにするように周囲をまわってみると、いきなり右目をあけたのでびっくりした。その目は天を向いて、雲ひとつない空を見上げてからハンナに気づく。狂犬病にかかっている様子はなく、在りし日の夫のように、突如直面した死に面食らっているように見える。なんとか楽な姿勢をとりたいらしく、ぐるっと仰向けになって目を閉じた。きっと死期が近いのだろう。あのホスピスの小冊子に書かれていた徴候とそっくりだからだ。

間遠になる息
目蓋が完全に閉じ切らない

家の中に入って動物保護局に電話をしてから、水を入れたボウルとポテトチップを盛ったボウルを手にアライグマのもとに引き返す。二つのボウルを地面に置いてから、プールの水の汚れをとるハンド・スキマーの先で押してアライグマに近づける。

が、このアライグマ、いまは水も食べ物もほしくないらしい。見ていると、左向きになったり、また右向きになったり、あるいは上体を起こしたりしてしきりに姿勢を変えるのだが、どうしても楽な姿勢になれないらしい。

と、驚いたことに、そのうちアライグマはプールの端に這っていって頭から水の中にすべり込んだ。そして気持よさそうにぐるぐると水中をまわりはじめる。またあの小冊子の中の文句が頭に浮かぶ——終末期の患者は、突然、エネルギーの昂揚を味わうことがある——そのうち、アライグマはやはり力尽きて泳げなくなる。ハンナはハンド・スキマーと棒を使って、どうにかアライグマをプールから引き揚げてやる。

そして動物保護局の係員が到着するのを待った。

しばらくしてやってきた係員は女性で、体を保護するものとしては園芸用の手袋しかはめていない。

「どうしても食べないのよ」ヴァンの後部から小型の檻《おり》を下ろす係員に向かってハンナは言う。

アライグマはいまフェンスにもたれて、唇についたプールの水を舐めている。

「そうでしょうね」と係員は答える。

その場の状況を再確認してから彼女は檻を傾ける。そこしか行き場がないようにしておいて、彼女はハンド・スキマーを手に、衰弱してまごついているアライグマを檻の中に追い込んだ。

「どうなるの、このアライグマ?」ハンナは訊く。

「可哀そうだけど、安楽死させることになると思います」

瀕死の動物をのせてヴァンが走り去った後、ハンナはもう一度ベヴァリーからの手紙を読み直す。

日付は省略!

みなさん、こんにちは！
みんなはどうだか知らないけど、あたしは、あんな経験は二度とできないだろうと思ったわ。あたしたち法廷に呼び出されて、ちゃんと義務を果たしたのよね。裁判のあいだ、みんなそれぞれに全力を尽くしたと思うの。それなのに、終わってみると、世間から憎まれ、大切なプライヴァシーまで失ってしまった。いまこそみんなでもう一度集まって、すべてを再点検してみたらどうかしら。

もしプールのそばであの瀕死のアライグマを見かけなかったら、ハンナはこの会に参加する気にならなかっただろう。

†

〈レッドロブスター〉に着く。ウェイトレスに案内されたのは、店の奥の団体予約用の部屋だった。
グレアムがベヴァリーと〝スクールティーチャー〟のアマンダに挟まれて、すでにテーブルについている。ベヴァリーはもう〝コーンロウズ〟のヘアスタイルはやめており、アマンダは新しい婚約指輪をはめている。グレアムとは、彼が夜間看護師に扮したあの夜以来、一度しか言葉を交わしていなかった。新聞の訃報欄に夫の名前が出た後、彼はお悔やみの電話をかけてきてくれたのだ。そのときは、〝夫の遺体、あなたの実験室にまわされた？〟と訊きたい気持を抑えるのが一苦労だった。

他の連中があけてくれた席にハンナがすわると、グレアムは口だけ動かして〝どう、元気かい？〟と訊いてくる。彼の髪はかなり伸びていて、一本一本の毛がくるっと巻いている。

「ジョージ・ツィンマーマン裁判の陪審員たちだって同窓会をひらいたんだから、あたしたちだってひらいてもいいじゃない、と思ったのよ」ベヴァリーがだれにともなく言う。

ハンナの席は〝補欠男〟のジェリーと〝ケミカル・エンジニア〟のラナに挟まれていた。ジェリーはカクテル・メニューとにらめっこしており、ラナは携帯をチェックしている。

「どうせなら、〈ニック・アンド・グラディス〉に集まったほうがよかったんじゃねえのか」ジェリーが言う。

「あのお店の料理には参ったよね。あたし、まだ裁判のあいだについた脂肪、とり切れてないんだもん」と、ベヴァリー。「そういえばあんた」とジェリーに向かって、彼女は言葉を継いだ。「『グローブ』紙への記事の売り込み、うまくいったの？」

「それがな、おれのエージェントに止められちまってさ」

「だれ、あんたの婚約相手？」ベヴァリーが、こんどはアマンダのはめている指輪を見てたずねる。

「ああ、ジョゼフよ。裁判の後、あたしに、殺すぞ、という脅迫状が送られてきたとき、裁判所が護衛役につけてくれた刑事なの。それが、お互いに好きになっちゃって」

グレアムは、これがハンナかと驚いているような目でじっと彼女を見ている。それも無理はない。ハンナ自身、自分は別人のように面変《おもが》わりしてしまったと思っているのだから。

「ねえ、どうだろう、あの裁判であたしたちが陪審員を体験して感じたことを順ぐりに言ってみては」みんながドリンクを注文した後でベヴァリーが言う。

先陣を切ろうとする者はだれもいない。それを見てベヴァリーが言う。「じゃあ、あたしから先に言うね。あたしはね、子育てを別にすると、陪審員を務めたのは自分のこれまでの人生でいちばん重要なことだったと思ってるの。ただ、わからないのは、どうしてあたしたちは世間の連中からあんなに憎まれなきゃならなかったのか。裁判長があたしたちの名前を公表してから数週間たったとき、あたし、子供連れで〈バリト・ボーイズ〉で食事をしてたんだよね。そうしたら、店長がやってきて、出てってくれ、って言うんだから。子供たちの目の前で」

次いでラナが口をひらく。「最初はすごくやりがいのある仕事だと思ってたんだけど、裁判長が言い渡した量刑を聞いてがっかりしちゃった。だって、懲役十四年って寛大すぎるもの。あれだけひどい犯罪をおかしたのに」

「あの、焼け爛れたベビーベッドのイメージ、頭から消えないんだよね」ベヴァリーが言う。

すると、グレアムが、「たしかにあれは弁解の余地のない犯罪だったと思う。しかし、アンカをふつうの刑務所送りにしたのは間違いだね。あの子には精神科のある特別病院に収容という判決が下されるべきだったんだ」

しゃべりながらも、彼の視線はハンナに注がれている。

ウェイトレスがやってくる。

ベヴァリーは〝シーサイド・トリオ〟を注文する。アマンダは〝シュリンプ・ユア・ウェイ〟。グレアムはシタビラメ。ラナはサーモン。ハンナはサラダとベイクト・ポテト。そしてジェリーは〝アドミラルズ・フィースト〟とモヒートをもう一杯。

「この勘定も裁判所が持ってくれんのかな？」ジェリーが言う。「あの裁判で、おれは散々だったんだぜ。おれのトレーラー・ハウスは知らない間に家主が牽引して、どっかに売り払っちまったし。裁判が終わって帰ってみたら、何もねえんだからな。結局、残ったのは『グローブ』への体験記の売り込みだけだったんだ。せめて五千ドルはせしめてくれよ、とおれはエージェントに言ったんだよな。新聞社にとっちゃ、そんなのは端《はし》た金《がね》だろうが。それで交渉に入ったところが、こんどはあの事件よ。ほら、どっかの女がボーイフレンドに、死んじまえ、ってメールを送ったとかいう。とたんに、おれの体験記の価値なんざゼロになっちまった。もう一度陪審員をやるくれえなら刑務所に入ったほうがまだましだぜ」

アマンダが次に口をひらく。「あたしは、もしフィアンセと知り合わなかったら、どうなっていたかわからないわ。死んでもらうって脅迫状が届いてから、あたし学校を休職させてもらったの。どうしていいかわからなかったから。だって、毎週日曜日に教会にいくと、おでこに〝ケイレブの沈黙〟って書いて、口にテープを貼った変な女の子が教会の前に必ず立ってるんだもの」

次はハンナの番だった。彼女はみんなに、裁判が終わって六週間後に夫が死んだこと。裁判の終わりと夫の死、この二つの体験は自分にとって分かちがたく結びついている、と語った。夫の生命力が一つのエネルギーに結晶し、そのエネルギーが夫の体から抜け出した。それを指して、いつもの彼女なら夫が〝亡くなった〟と言うのだが、きょうは夫が〝死んだ〟という表現を選んだ。焼け爛れたベビーベッドを見た連中を前にするとき、〝亡くなった〟という表現は微温的すぎると思ったのだ。

みんなからの弔いの言葉を、ハンナは、隣人が持ってきてくれたキャセロールを受け取るように受け取る――感謝しながらも味わおうとは思わずに。

最後はグレアムの番だった。「後になって、われわれには知らされなかった証拠がいくつか明らかになっただろう。それを知ったときはあの判決でよかったのかどうか、しばらく考えさせられたよ。でも、アンカが有罪だという判断はいまも変わっていない。もしかするとアンカは単独犯じゃなかったかもしれないが、火をつけたのは間違いないんだから」

「ティムには前科があったって知ったときは、あたし、ちょっとショックだったんだけど、みんなはどうだった？」ベヴァリーが訊く。

「前科の一つは暴行だったわね」アマンダが言う。「ティムがステファーナの前に付き合ってたガールフレンドは、裁判所に訴えて、自分への〝接近禁止命令〟を出してもらったそうよ、ティムに対して」

「でも、ガールフレンドをぶん殴ることと放火とはどんな関係があるのか、おれにはわからねえな」と、ジェリー。

「裁判長もわからなかったのよね」ラナが言う。

「でも、ティムには暴力的な傾向があるってことが、あのときわかっていたら？」アマンダが訊く。

「ちょっといやね、こういう話がどういうところにゆきつくか」ラナが言う。

「ただ話し合ってるんだから、どうってことねえさ」ジェリーが言って、ウェイトレスがいな
いか周囲を見まわす。彼のグラスにはもう氷しか入っていない。

「ねえ、もう一度投票してみたいって人、どれくらいいる？」ベヴァリーが言う。

するとラナが、

「そんなことしてどうなるの？　もう裁判とは関係ないんだし」

「でも、あたしたちのいまの気持がはっきりするじゃん」ベヴァリーが言い返す。

「そうね、あたしは知りたいな」アマンダが賛成する。

「おれも賛成だ」ジェリーが言う。

「無記名でやるなら、いいんじゃないかな」と、グレアム。

「あんまり意味がないと思うけど、でも、やってもいいわ」ラナが言う。

グレアムが陪審員長にもどって、全員に紙ナプキンの投票用紙を配る。

陪審員たちはペンを順ぐりにまわす。ハンナのところにペンがまわってくると、彼女は書く。

無罪。

「言っておくけど」票を集計する前にグレアムが言う。「われわれはあのとき提示された証拠に基づいて最善を尽くしたんだ。これは法律に異を唱えるためにやるんじゃないからね」

あの陪審評議のときのように、彼はまず各票を黙読してから発表する。「有罪五名、無罪一名」

「あたし、自分のを無罪に変えてもいいかな？」ベヴァリーが言う。

「アンカの睫毛は焦げてたのよ」と、ラナ。

「それに、塗料用シンナーなんかを使うのはどっか普通じゃないやつに決まってるしな」ジェリーが突っけんどんに言う。

「ねえ、食事のときくらいなごやかに話し合わない？」とアマンダ。

ジェリーが立ち上がって、ウェイトレスの注意を引こうとナプキンを振りまわす。「おーい、料理はまだかよ？」

「どう、タバコでも？」グレアムがハンナに声をかけてきた。

彼に先導されてハンナも外に出る。

「きみに電話しようと何度も思ったよ」

グレアムの隣りに立って、ハンナは軽く足踏みする。いまでは足踏みが習慣になっている。夫の体から抜け出た電気がハンナに移植されたのだ。最初のうちハンナは、じっとしていられないという衝動は揺れ動く悲哀の表れなのだと思っていた。けれども、二月《ふたつき》たち、三月《みつき》たつうちに、夫のエネルギーがいまや自分のものになったのだと受け止めるようになった。いにしえのギリシャ人たちは信じていた、肉体とは木の笛であり、魂とはその笛の中で震える息であり、精神とはその笛から放たれる音楽であると。

いま、夫の吐息はハンナの裡《うち》にある。彼女は夫の吐息が奏でる歌に合わせて足踏みをしているのだ。

グレアムの差し出すタバコを受け取ると、それをくわえて上体を傾け、火に近づける。タバコの先が震えている。グレアムの手をとって、ライターの火をタバコに近づける。彼の手は数か月ぶりに触れた、生けるものの徴《しる》しだった。これを離したくないと、ハンナは思う。

感謝の言葉

本書を書くにあたって惜しみない援助をしてくださった次の方々に、心から感謝したい。ライザ・コウエン、エイミー・ヘンペル、ニコール・ホロフスナー、デイヴィッド・レヴィット。初期の草稿を読んでくださったアン・パティにも、大変お世話になった。貴重な助言と揺るぎないご支援をたまわったヴィクトリア・ウィルスンとゲイル・ホックマンのご親切も忘れられない。またテリー・スミリャニッチには法律に関する貴重な助言に対して、それとわが弟ゲイリー・シメントに対しては解剖学に関する多くの助言に対して、深い謝意を捧げたい。

訳者あとがき

〝いまの自分の容色がまだ衰えないうちに、人生最後のアヴァンチュールを楽しむのって、そんなに悪いこと？〟――本書の主役である熟年の女性写真家は、悩んだあげくそう胸中に呟いて、つかの間の情事にのめりこんでゆく。昨今、珍しくもない光景ではなかろうか。よくある話かと思う。

だが、そうして一線を越えてしまう彼女が、実はフロリダで進行中の、ある悲惨な殺人事件の裁判の陪審員であり、彼女が強く魅かれてアヴァンチュールに発展する相手の大学教授もまた同じ裁判の陪審員仲間だとしたら、この情事、果たして〝よくある話〟の枠内に収まり切れるのかどうか。ましてやこの二人、裁判が終わるまで、他の陪審員たちの相互監視の目が光るなか、郊外のモーテルに隔離された日々を送らなければならないとなれば――。

本書の面白さは、何よりもまずこの設定の妙にあると言っていい。作者は裁判の審理を通して悲惨な事件の真相を客観的に追いながら、この二人の陪審員の情事の推移をもっぱら女性主人公の心理に寄り添って、つぶさに追ってゆく。裁判でかたくなに沈黙を守る被告は果たして無実なのか否かというサスペンスを、二人の陪審員の情事はどう着地するのだろう、というサスペンスが忍び足で追ってゆく。リーガル・サスペンスの興趣と、先の見えない情事の緊迫感。微妙にからみ合う二つの要素が最後に一つに収束するとき、思いもかけない人生の真実が読者の前に開示されることになる。現代の世相の一端を鮮やかに切りとった、練達の筆と言っていいだろう。

ある意味、現代版『ボヴァリー夫人』とも読めるこの作品。著者のジル・シメントは、カナダ生まれのアメリカ人作家だが、前作、『眺めのいい部屋売ります』では、愛し合う老夫婦と二人の愛犬が巻き込まれる椿事《ちんじ》を、微笑ましくも温かいタッチで描いてみせた。ダイアン・キートンとモーガン・フリーマンという当代の名優同士の共演で映画にもなったから、ご存じの方も多いことだろう。この前作と比べると、本書は内容的にずっとシリアスで、主人公の夫婦関係の描き方も対照的だ。前作のそれがほのぼのとした情感に包まれていたとすれば、本書では同じく行き届いた細部描写で夫婦生活の機微に触れながらも、どこかひんやりとした乾いた情感に包まれている。その点、一種戸惑いを覚える読者の方もいらっしゃるだろう。

一つ、興味深い事実がある。本書のヒロインとその夫は三十四歳の歳の差があるのだが、実は作者のジル・シメント自身、夫君とは三十二歳の歳のひらきがあるのだ。本書で描かれている、かなり歳上の夫を持つ妻の切実な日常感覚は、相当程度、シメント自身の実体験に重なっているのではなかろうか。しかも、本書の冒頭には、〝アーノルドの思い出に〟という献辞がある。アーノルドとは、シメントの夫君で著名な画家でもあるアーノルド・メシスに他なるまい。とすると、シメントは前作の執筆後に、この夫君をなくしたと思われるのだ。そこに至るまでの経緯はわからないのだが、その折りのもろもろの実体験が本書執筆の一つの契機だったのではと想像しても、あながち的外れではあるまい。作風に見る微妙な変化はその体験と重なっているとも考えられよう。もちろん、主人公が単調な日常から〝飛躍〟するところまで事実に沿っていたのかどうか――そこまで想像するのは作品の価値とはまったく関係のない妄想にちがいない――。

それはともかく、人間の真実を見すえようとするシメントの確かな目、読者をつかんで放さないストーリー・テリングの才は、依然として健在だ。今後の作家活動にも大いに期待して次作を待ちたい。

二〇二一年七月

高見浩